Hijo ilegítimo

Maggie Cox

Bianca®

HARLEQUIN®

Editado por HARLEQUIN IBÉRICA, S.A.
Hermosilla, 21
28001 Madrid

HIJO ILEGÍTIMO, Nº 1636 - 14.12.05
Título original: The Italian's Pregnancy Proposal
Publicada originalmente por Mills & Boon®, Ltd., Londres.

I.S.B.N.: 84-671-3168-3
Depósito legal: B-42739-2005
Editor responsable: Luis Pugni
Composición: M.T. Color & Diseño, S.L.
C/. Colquide, 6 - portal 2-3º H, 28230 Las Rozas (Madrid)
Fotomecánica: PREIMPRESIÓN 2000
C/. Algorta, 33. 28019 Madrid
Impresión y encuadernación: LITOGRAFÍA ROSÉS, S.A.
C/. Energía, 11. 08850 Gavá (Barcelona)
Fecha impresion para Argentina: 4.12.06
Distribuidor exclusivo para España: LOGISTA
Distribuidor para México: CODIPLYRSA
Distribuidores para Argentina: interior, BERTRAN, S.A.C. Vélez Sársfield, 1950. Cap. Fed./ Buenos Aires y Gran Buenos Aires, VACCARO SÁNCHEZ y Cía, S.A.
Distribuidor para Chile: DISTRIBUIDORA ALFA, S.A.

Capítulo 1

BLISS sabía que debía resistir la tentación, pero no pudo evitar mirar de nuevo su reloj de pulsera cuando la encargada se volvió de espaldas. En la tienda había mucha gente y hacía mucho calor y el olor y los vapores de los mostradores que la rodeaban le daban la impresión de haberse metido en un fumadero de opio. Además de lo cual, le picaban los ojos por la sombra que se veía obligada a pintarse para promocionar el producto y ansiaba lavársela junto con el maquillaje, el carmín y el pintalabios que la transformaban en una persona que no reconocía. Por desgracia, todavía le quedaban horas de esa tortura antes de que pudiera cumplir su deseo.

¿Cómo se le podía haber ocurrido trabajar en aquel lugar, cuyas clientas eran mujeres esclavas de la moda con más dinero que sentido común? Básicamente, porque se había dejado convencer por Trudy, su mejor amiga, que trabajaba también allí. Pero había una diferencia clara entre las dos: a Trudy le gustaba vender y a ella no.

–Disculpe... quiero comprar un pintalabios.

–Desde luego, señora. ¿Quiere algún color en particular? Puedo enseñarle los... ¡Oh, santo cielo!

Bliss miró consternada cómo la clienta morena caía al suelo, casi a cámara lenta, como en una telecomedia. Una niña pequeña, sentada en un cochecito a su lado, soltó un grito. Bliss salió de detrás del mostrador y se acuclilló al lado de la mujer que se había desmayado, al tiempo que acariciaba la mejilla de la niña y susurraba alto tranquilizador. Un grupo de gente se congregó alrededor y Bliss les pidió que se apartaran. Abrió el cuello de la camisa de seda de la mujer y le apartó con gentileza el pelo de la frente morena.

–No... no me siento bien –la mujer abrió unos ojos sorprendentemente azules y miró a Bliss–. Cuide de mi niña –dijo con voz de acento extranjero antes de volver a desmayarse.

–No se preocupe, lo haré –Bliss se mordió el labio inferior con preocupación y miró a la niña, que le devolvió la mirada con curiosidad, como si se preguntara qué iba a ocurrir a continuación.

–¿Qué ha pasado ahora? ¿Conoces a esta mujer? –la encargada se abrió paso entre el grupo de curiosas y se arrodilló al lado de Bliss.

–Es una clienta y se ha desmayado. Hay que llamar a una ambulancia. ¿Puede hacerlo usted? Oh, y por favor, ¿alguien quiere traerle algo de beber a la niña? Parece tener mucho calor, lo cual no me extraña, teniendo en cuenta que este sitio podría competir con un volcán.

* * *

Después de eso, todo sucedió muy deprisa. Pocos minutos después, llegaba la ambulancia. Bliss, que había comprobado que la mujer no tenía objetos extraños en la boca, respiraba normalmente y estaba en posición cómoda, se hizo a un lado, dio un vaso de agua a la niña y, cuando ésta empezó a gemir, la sacó del coche y la tomó en brazos. Uno de los hombres de la ambulancia la miró.

–¿La niña es de la mujer?

Bliss asintió.

–También tengo su bolso –tomó el bolso de piel cara que había colocado antes en la sillita–. Puede que lleve algún carné para identificarla.

–Tráigalo con la niña. Puede ir usted en la ambulancia con la madre. ¿Cómo se llama?

–Bliss Maguire.

–¿Es irlandesa como yo?

–A medias –murmuró Bliss, que encontraba extraño sostener aquella conversación en esas circunstancias–. Por el lado paterno.

–Ah, bien, entonces nos llevaremos de miedo.

El hombre le sonrió y volvió su atención a la mujer de la camilla.

Pronto se hizo evidente que la niña necesitaba comer. Después de informar a la enferma del mostrador de recepción de que estaría en la cafetería si alguien preguntaba por ella, Bliss siguió las flechas que mostraban el camino. Compró un sándwich y una taza de té y se sentó en una mesa con la niña en el regazo a darle trozos pequeños de pan, queso y pepino. A juzgar por su modo de comer, la niña tenía mucha hambre.

–Seguramente es por tantas emociones –dijo Bliss en voz alta–. ¡Pobrecita!

Apoyó la barbilla en la cabeza de pelo moreno sedoso de la niña y se echó a reír cuando la pequeña le pasó un trozo de sándwich a medio masticar.

–¿Señorita Maguire?

Levantó la cabeza y se encontró con los ojos verdes brillantes del hombre más atractivo que había visto fuera de las páginas de las revistas de moda. Miró un instante su pelo moreno y su ropa cara.

–¿Quién lo pregunta?

Apretó con más fuerza la cintura minúscula de la niña en un gesto inconsciente de protección.

–Soy Dante di Andrea, el hermano de la mujer que ha acompañado en ambulancia al hospital. La niña que tiene en brazos es Renata Ward, mi sobrina.

La niña miró al hombre sin dar muestras de reconocerlo. Bliss sintió una opresión en la boca del estómago.

–¿De verdad?

El hombre atractivo frunció el ceño con irritación.

–¿No me cree? ¿Por qué iba a mentirle? Vamos, Renny, ya cuidaré yo de ti.

–Me temo que no puedo entregar a la niña así sin más –Bliss ignoró los brazos extendidos del hombre y lo miró a los ojos con firmeza–. Iremos al mostrador de Urgencias y les pediré que comprueben que es usted quien dice ser.

–Su interés es digno de elogio, señorita Maguire, ¿pero cómo cree que la habría encontrado si ellos no hubieran comprobado ya mi identidad? ¿Habló usted con mi hermana antes de que se desmayara? Si es así, debe de saber por su acento que es italiana, como yo. Mi nombre y el número de mi móvil estaban en su bolso. Por eso han podido avisarme.

Todo aquello podía ser cierto, pero Bliss no estaba dispuesta a correr riesgos. Le costaba entregar a la niña a alguien que no fuera su madre. Si le ocurría algo a aquella preciosidad que tenía a su cargo, no se lo perdonaría nunca.

–He hablado con la señora antes de que se desmayara y por eso precisamente voy a comprobar que es usted quien dice ser.

–¿Qué le ha dicho mi hermana?

Dante di Andrea, que se esforzaba claramente por controlar su irritación, la miró con rabia e hizo una mueca.

–Me ha dicho que cuidara de su niña y eso es precisamente lo que hago –se levantó con «Renny» apoyada cansadamente contra su pecho e intentó no sentirse intimidada por la estatura del hombre.

–O sea que volvemos al mostrador para hablar con alguien que le diga que soy Dante di Andrea, el hermano de Tatiana Ward y entonces me entrega a mi sobrina, ¿no? –preguntó él.

Bliss se ruborizó ante la mirada de furia de él y

optó por no contestar. Lo único que quería era asegurarse de entregar a Renata a la persona indicada. La estrechó con fuerza y salió de la cafetería delante de él, deseando en secreto que el hombre no se hubiera dado tanta prisa en acudir al hospital. Renata olía tan bien y era tan maravillosa la sensación de la niña en sus brazos que había despertado todos los instintos maternales que Bliss se esforzaba siempre por enterrar.

–Puedo asegurarle que el señor di Andrea es el hermano de la señora Ward y la niña es su sobrina, Renata Ward –la recepcionista, de gafas grandes metálicas y pelo rubio ceniza, le sonreía con paciencia, como si hablara con una niña confusa.

–¡Oh!

Bliss parpadeó dos veces en rápida sucesión, como si acabara de despertar de un sueño pacífico. Oyó el suspiro de alivio que emitió Dante di Andrea antes de extender de nuevo los brazos hacia la niña. El gesto hizo que captara su olor sensual a madera de sándalo y algo en su interior reaccionó con la misma intensidad que si la hubiera besado.

–Ahora te vas con tu tío, preciosa. Sé buena, ¿vale? Pronto verás a mami.

Era muy raro, pero de pronto sentía ganas de llorar. La detuvo el hecho de que Renata se aferró a ella asustada cuando Dante tendió los brazos y empezó a soltar ruidos de protesta contra su camisa blanca de seda.

–No pasa nada, tesoro... no pasa nada. No hay nada que temer, te lo prometo.

Pero cuando miró a Dante con aire acusador por encima de la cabeza oscura de la niña, la expresión de frustración y rabia de los ojos de él la hizo dudar de su promesa. Algo le decía que aquel hombre no estaba acostumbrado a ser desafiado de ningún modo y hasta el momento Bliss no había capitulado ni lo más mínimo ante él. Pensó que parecía a punto de destrozarla miembro a miembro.

–Deme a mi sobrina, señorita Maguire, y gracias por cuidar de ella, pero ahora quiero ir a ver a mi hermana y me gustaría llevarme a su hija conmigo.

–La niña actúa como si no lo conociera.

Era increíble la fuerza con la que Renata se agarraba a su camisa, como si su vida dependiera de ello. ¿Era necesario que su tío tuviera un aspecto tan fiero? Tal vez era ansiedad por el estado de su hermana, ¿pero no podía suavizar un poco su expresión por el bien de la niña?

–¿Cómo voy a entregársela si está claro que ella no quiere ir?

Él lanzó una ristra de juramentos en italiano que consiguió que hasta la recepcionista se alarmara. Pero el mal genio de Dante di Andrea tenía el efecto de que Bliss se mostrara cada vez más decidida a no entregarle a la niña hasta que se hubiera calmado.

–La niña es muy tímida y no está acostumbrada a mí –movió la cabeza y pareció esforzarse por buscar las palabras exactas, como si no estuviera acostumbrado a tener que explicar o justificar sus emociones. Bliss sintió una punzada de simpatía por él a su pesar–. Ha perdido hace poco a su padre. Por eso está enferma Tatiana... su madre.

Bliss se quedó muy quieta. Renata percibió el cambio en su postura y la miró a los ojos con el labio inferior temblándole.

–Lamento oír eso. Mire, señor di Andrea, yo no pretendo ponerle las cosas difíciles, sólo quiero estar segura de que la niña está bien... por mi propia satisfacción. ¿Comprende?

Por un momento surrealista, Dante se sintió tan atraído por los increíbles ojos color violeta de Bliss que olvidó que normalmente estaba de acuerdo con la opinión de su padre de que los ingleses eran una raza fría. La calidez y el interés que mostraba aquella inglesa por la hija de una desconocida lo obligaban a cambiar de idea.

–Quizá deberíamos sentarnos un momento. ¿Le parece?

Se instalaron en un banco largo un poco apartado. Cuando Dante se sentó a su lado, Bliss no pudo evitar sentirse abrumada por su increíble atractivo y volvió la mirada a la niña porque mirarlo a él le impedía concentrarse.

Había oído decir que el rostro de un italiano contaba la historia de su vida. Si eso era cierto, Dante di Andrea transmitía una larga experiencia y mucha seguridad en sí mismo. Además de la piel morena y los ojos verdes penetrantes, poseía un aura que podía cautivar a una mujer en un instante y posiblemente también una arrogancia fuera de lo común. Bliss suspiró.

Renata se había dormido. La joven cedió al impulso de apartarle los rizos de la frente y la besó en la mejilla. Si no la entregaba pronto a su tío, corría el riesgo de que la acusaran de secuestro. ¿Por qué tenían que aflorar sus instintos maternales en ese momento y con una niña a la que no la unía ningún parentesco? ¿Por qué no podían haber esperado a que estuviera enamorada y esperando un hijo propio? Tragó saliva para deshacer el nudo que sentía en la garganta.

–¿Puedo preguntarle qué le ocurrió al marido de su hermana?

Dante no quería hablar de eso. El dolor de la pérdida de Tatiana era tan grande que los afectaba a todos como los movimientos sísmicos que siguen a un terremoto. Dante, su hermano Stefano y sus padres, Antonio e Isabella, estaban desorientados todavía. Matt Ward celebraba un día un ascenso importante en el trabajo y al siguiente había muerto por culpa de un conductor borracho cuando volvía a casa, donde lo esperaban Tatiana y su niña. ¡Y su hermana estaba tan enamorada y era tan feliz!

Dante había sentido envidia de la felicidad que había encontrado con el joven inglés y considerado improbable que él pudiera encontrar un día la misma alegría con una mujer. Su considerable fortuna y su dedicación al trabajo levantaban obstáculos que parecían insuperables. No le interesaban las mujeres que se sentían atraídas por su riqueza y posición como jefe de la empresa familiar, pero últimamente sólo conocía a cazadotes. A veces eso le hacía desear haber podido ser tan libre como Tatiana, a la que se había permitido ir a Inglaterra a estudiar y llevar una vida corriente que no le exigía la gran responsabilidad y el nivel de compromiso con los que tenía que lidiar él. Pero ahora ya no le quedaba envidia, sólo dolor porque la felicidad de Tatiana se hubiera visto cortada de un modo tan cruel y esa niña encantadora no pudiera conocer nunca a su padre.

Se llevó unos dedos a la frente para intentar aliviar la pena y le sobresaltó sentir la presión reconfortante de la mano de la inglesa a través de la manga del traje. El contacto, junto con su aroma a vainilla y miel, le provocó una oleada de sensaciones sensuales en sus nervios, ya muy sensibilizados.

–No tiene por qué decírmelo –musitó ella–. Debe de estar impaciente por ver a su hermana. Tome a la niña. Se ha dormido.

Dante tomó a la niña sin decir nada y la estrechó contra su pecho, temiendo ya la expresión de dolor que vería en su hermana cuando se acercara a su cama. ¡Tatiana había sido siempre tan confiada y abierta! Ahora su alegría de vivir había desaparecido y Dante ansiaba encontrar el modo de devolvérsela.

Se dejó distraer adrede por un par de ojos color

violeta y centró toda su atención en la chica hermosa sentada a su lado. Su camisa de seda blanca estaba húmeda y arrugada en la parte delantera, donde Renata había apoyado la cabeza, y su pelo moreno y sedoso era tan abundante que escapaba en mechones de su coleta. La carga sexual que invadió su cuerpo como resultado de esa inspección resultaba muy perturbadora.

–Gracias. Me han dicho que trabaja usted en la tienda y que ha venido en la ambulancia con mi hermana. Tiene que permitirme que le pague el taxi de vuelta.

–Puedo tomar un taxi, pero no quiero que lo pague usted.

Bliss se puso en pie y Dante la imitó. Bliss no pudo evitar sentirse de nuevo consumida por su presencia. Era muy atractivo y resultaba imposible mostrarse ambivalente con él. Para contrarrestar el efecto, centró su atención en la niña que dormía en sus brazos y pensó que creaban una buena imagen juntos. Le dolió darse cuenta de que seguramente no volvería a ver a ninguno de los dos.

–Por lo menos deme su dirección, señorita Maguire. Mi hermana querrá ponerse en contacto con usted para darle las gracias.

Bliss se encogió de hombros para ocultar su incomodidad repentina.

–No tiene por qué dármelas, ha sido un placer ayudar. Si quiero llamar y preguntar cómo está, pregunto por la señora Ward, ¿verdad?

–Tatiana.

–¡Qué nombre tan bonito!

Dante sonrió y ella se sintió como si estuviera en un cuarto oscuro y de pronto hubieran dejado entrar el sol.

–Bien... espero que no le ocurra nada grave a su hermana. Ya me marcho.

–Su dirección, señorita Maguire, por favor.

Dante movió a la niña en su pecho y sacó un cuaderno de notas pequeño y un bolígrafo del bolsillo interior de la chaqueta. Bliss lo tomó sin decir nada y anotó su dirección y número de teléfono, aunque después de entregarlo se preguntó por qué había capitulado tan fácilmente. No quería que nadie pensara que había ayudado a su hermana con la esperanza de obtener alguna recompensa.

–Bien... adiós.

Bliss miró una vez más, con una sonrisa tímida, al italiano atractivo y a la preciosa niña, se volvió y echó a andar rápidamente hacia la salida.

Capítulo 2

AUNQUE Bliss estaba convencida de que el sonido repetitivo que impregnaba su subconsciente era un árbitro que silbaba el final del primer tiempo en un partido de fútbol, no tardó en transformarse en el timbre más insistente del teléfono, así que se frotó los ojos y se sentó adormilada en la cama. Tomó el teléfono inalámbrico de la mesilla de roble que tenía al lado y reprimió un bostezo.

–¿Sí?

–¿Señorita Maguire?

La joven abrió mucho los ojos.

–Soy Dante di Andrea... ¿me recuerda? ¿De ayer en el hospital?

¿Si se acordaba? Desde el día anterior no había dejado de rebobinar en su mente la cinta del encuentro.

–Me acuerdo –su voz le pareció excesivamente ronca y carraspeó para aclararla–. Disculpe. He llamado al hospital y me han dicho que su hermana se había ido a casa. ¿Cómo se encuentra?

–Deprimida y afligida. Le he ordenado que se quede hoy en la cama. No duerme muy bien últimamente y por eso se desmayó en la tienda. Sólo hace seis semanas que murió su esposo y la vida le resulta muy difícil por el momento.

–Lo lamento.

–¿Podemos vernos?

–¿Cómo dice? –el corazón había empezado a latirle con fuerza y Bliss se preguntó si habría oído mal.

–Seré sincero con usted, señorita Maguire. Mi hermana necesita ayuda. Matt, su esposo, no tenía padres y, hasta que pueda venir mi madre desde Italia, estará sola con Renny y conmigo. Me he tomado tiempo libre para estar con ellas, pero no soy ningún experto en niños y hasta que se recupere, necesita ayuda para cuidar de mi sobrina.

Bliss tardó un momento en asimilar lo que oía. ¿Adónde quería ir a parar? ¿Le estaba pidiendo que fuera a cuidar de Renata? ¿No se daba cuenta de que ya tenía otro empleo? Claro que sí. Sabía que trabajaba en la tienda en la que se había desmayado su hermana.

–Señor di Andrea, si me está pidiendo lo que yo creo, me temo que es imposible. Por muy adorable que me parezca su sobrina, tengo que trabajar. Si su hermana necesita ayuda por las tarde, quizá pueda...

–Si puede venir a quedarse con Tatiana y Renny hasta que venga mi madre de Italia, le pagaré un sueldo muy generoso por sus servicios y si en su lugar de trabajo no le dan tiempo libre, me comprometeré a buscarle una posición mejor en otro sitio. Tengo muchos contactos en el mundo empresarial, señorita Maguire. No será difícil.

Bliss no dudaba de que tenía contactos y podía conseguirle el trabajo que quisiera. ¿Pero quería ella renunciar a su trabajo basándose en la palabra de un hombre al que sólo había visto un rato? Por otra parte, si las cosas no salían bien, siempre podía trabajar de secretaria temporal y, de todos modos, la tienda no le gustaba. Y en el peor de los casos, tenía dinero en el banco para aguantar una temporada corta, mientras encontraba otra cosa. Apretó el teléfono con fuerza.

–Cuando dice que debo quedarme con su hermana, ¿se refiere a que vaya por la mañana y vuelva a casa por la noche?

–Desde la muerte de su padre, Renny se despierta a veces por la noche. Tatiana no está en condiciones de ocuparse sola de ella. Por lo tanto, preferiría que trajera usted algunas cosas y se quedara aquí.

–Señor di Andrea... ya sé que esto puede parecer obvio, ¿pero no se le ha ocurrido llamar a una agencia de niñeras?

–¡Yo no quiero que una desconocida cuide de mi sobrina! –protestó él con calor.

Bliss frunció el ceño confusa.

–Pero yo soy una desconocida. Usted sólo me ha visto ayer.

–Pero he visto cómo confía mi sobrina en usted. Usted la consoló ayer y ella se acordará.

–Pues si permite que lo diga, no parecía acordarse de usted.

Dante respiró con fuerza.

–Yo no he pasado mucho tiempo con ella, he estado ocupado con mis negocios en Italia. Ayer era la primera vez que me veía desde el funeral de hace un mes y entonces tuve que volver casi inmediatamente a Milán con mis padres. Mi padre no está muy bien de salud y a mi madre la preocupa dejarlo solo. A ninguno nos gusta que Tatiana haya tenido que lidiar con esta tragedia prácticamente sola y yo estoy intentando remediar eso, pero hasta que mi madre pueda encontrar buenas enfermeras para mi padre y venir a Inglaterra, Renny y Tatiana necesitan ayuda.

–¿Y quiere saber si las ayudaré yo? –Bliss apartó el edredón color granate y se sentó en la cama.

–Sí.

Bliss ya había tomado una decisión. Y si en la tienda se negaban a darle tiempo libre, lo consideraría como una señal de que no debía estar allí. Además, estaba deseando volver a ver a Renata. Y si eso implicaba volver a ver también a su tío... pues mejor que mejor.

Tatiana Ward vivía en el piso bajo de una casa de Chelsea Harbour, un lugar para millonarios que Bliss había visto sólo en las películas.

Sus padres nunca habían tenido mucho dinero. Su madre había padecido toda su vida brotes serios de depresión que habían afectado a su capacidad para trabajar y la habían llevado al suicidio cuando Bliss tenía dieciséis años. Como para entonces su padre ya bebía mucho, la joven tuvo que empezar a trabajar para mantener a los dos, hasta que un día, poco después de su dieciocho cumpleaños, su padre hizo la maleta y se largó, dejando sólo una nota donde decía que lamentaba no haber podido ser el padre que ella merecía y le suplicaba que no intentara buscarlo. Bliss había decidido hacía tiempo que tenía que llegar a asumir su pasado, pero la realidad era que su infancia había sido un desastre completo y que todavía le dolían casi todos los recuerdos que conservaba de ella.

Ahora, en la entrada del piso de Chelsea Harbour, hizo acopio de valor, se sacudió una mota de polvo imaginaria de la manga de la chaqueta de cuero y pulsó el timbre.

–Hola.

–¿Señor di Andrea? Soy Bliss Maguire.

–Un momento, por favor.

Aunque era él el que había contestado al telefonillo, no estaba preparada para ver a Dante di Andrea con la niña instalada en su cadera y una sonrisa fatigada en el rostro.

–Hola –comentó–. ¿Me la pasa? –se colocó la correa del bolso en el hombro y tendió los brazos a Renata, que los aceptó con alegría.

–Adelante, señorita Maguire. Llega en buen momento.

El piso era encantador... lleno de luz natural, con suelos de madera de arce y antigüedades de buen gusto que habría que cuidar mucho en cuanto Renata empezara a moverse libremente. Dante la condujo hacia un par de sofás largos de piel con una mesita de cristal y patas de hierro forjado colocada entre ellos y le pidió que se sentara.

–Voy a cambiarme de camisa y vuelvo enseguida –dijo.

Señaló la prenda, manchada por cereales de su sobrina, miró un instante a la niña, que tocaba el pelo de Bliss con fascinación, y salió de la estancia.

Bliss se entretuvo divirtiendo a la niña mientras esperaba su regreso, con el corazón algo más tranquilo ahora que no tenía que mirar aquellos ojos verdes. Se colocó a Renata en la cadera y se acercó a la ventana para ver los yates y barcos pequeños del río.

–Tienes una vista encantadora.

Renata le sonrió con sus grandes ojos marrones y hoyuelos en las mejillas. Bliss no pudo resistirse, le dio un beso suave en el moflete y suspiró.

–Ha sido muy amable viniendo, ¿pero dónde está su maleta? –preguntó él.

Llevaba otra camisa blanca, ésta inmaculada, y la luz arrancaba destellos azules a su pelo negro.

–Traeré mis cosas más tarde; antes quería hablar con usted de... nuestro acuerdo.

Dante miraba en silencio las curvas de la joven, acentuadas por los vaqueros ceñidos desgastados y la camiseta, y pensó que se parecía a Claudia Cardinale de joven, con sus hermosos ojos y su sonrisa sexy. Su belleza lo distrajo por un momento y pensó en lo invitador que resultaba su pelo oscuro flotando suelto sobre los hombros y en cómo le gustaría tener el privilegio de tocarlo y deslizar sus dedos por él.

–No sabía qué ponerme. Seguramente estaré

irreconocible sin tanto maquillaje, ¿verdad? Si trabajas en la sección de productos de belleza, te obligan a pintarte.

Dante se esforzó por escucharla y centrar sus pensamientos. No podía permitirse sentir tanta lujuria por la mujer a la que había pedido ayuda con Renata y su madre. Resultaría muy poco apropiado en esas circunstancias. Él era un empresario de hostelería con buena reputación y quería demostrarle a aquella inglesa que podía confiar en él.

–Está bien así –quería decirle que una belleza como la suya no necesitaba la ayuda del maquillaje, pero optó por guardar silencio para no ponerla aún más incómoda. Como resultado, quizá le salió un tono más cortante de lo que era su intención–. Estoy aprendiendo que no puedes vestirte muy bien con una niña pequeña cerca; cuanto menos te importe que te estropee la ropa, mejor.

–Tiene razón –Bliss le sonrió con alivio. No buscaba su aprobación, pero resultaba agradable contar con ella–. ¿Quiere que le lave las manos y la cara a la niña?

–Le enseñaré dónde está el baño.

Dante sonrió un instante y Bliss detectó de nuevo tensión en su gesto y recordó la razón por la que estaba allí.

–¿Cómo está su hermana hoy?

–De momento está dormida porque no ha pasado buena noche. Ha llorado mucho –la piel morena de él palideció y Bliss sintió una opresión en el pecho–. El doctor vendrá dentro de un rato a examinarla. Hablaremos cuando haya lavado a la niña, ¿le parece?

Bliss, que intuía que se sentía más cómodo hablando de algo menos personal que el estado de su hermana, lo siguió al pasillo y a un baño de mármol que parecía más acorde con una estrella de Hollywood que con una madre que acababa de enviudar. Dante señaló los estantes llenos de toallas blancas inmaculadas y permaneció en el umbral mientras Bliss abría los grifos de agua caliente y fría y Renata parloteaba alegremente por su cuenta.

–Supongo que encontrará todo lo que necesita. Si no encuentra algo, pídalo.

Pareció vacilar y Bliss se sintió ruborizar bajo su escrutinio.

–¿Qué ocurre? –preguntó.

–Se le da muy bien la niña. ¿Se crió usted con muchos hermanos?

–No –metió una toallita en el agua tibia y sentó a Renata en el taburete de cromo situado al lado del lavabo. Empezó a lavarle la cara con cuidado–. Todo lo contrario, soy hija única. Pero siempre me han gustado los niños.

–¿Y no está casada?

–No –Bliss movió la cabeza–. Y no tengo intención de estarlo. El matrimonio no me interesa, señor di Andrea. Por lo que a mí respecta, lo único que hace es engendrar falsas esperanzas sobre un resultado feliz que rara vez se materializa.

Dante frunció el ceño.

–¿Y quiere tener hijos fuera del matrimonio?

Bliss detectó que no le gustaba la idea y soltó una carcajada.

–Seguramente eso tampoco ocurrirá. Tendré que conformarme con ser la tía de los hijos de mis amigas.

Él murmuró algo en italiano y ella lo miró con reprobación.

–Tiene que recordar que yo no hablo italiano.

–Perdone. Sólo he dicho que me parece un desperdicio que una mujer con tantos instintos maternales quiera pasarse la vida sin marido ni hijos.

–Es posible, pero puedo asegurarle que nada me convencerá de que me case.

–¡Qué lástima! –musitó Dante.

–¿Usted está casado, señor di Andrea?

–Llámeme Dante. Y no, estoy soltero. Digamos que estoy casado con el trabajo.

–¡Ah!

Bliss soltó el agua del lavabo y volvió a colocarse la niña en la cadera.

–Hemos terminado. Podemos hablar ahora si quiere.

Dante asintió con seriedad.

–Sí. Si entra en la cocina, yo prepararé café para los dos. Supongo que ya habrá desayunado.

–He tomado una barrita de cereales por el camino. No suelo comer mucho por la mañana.

–Eso no está bien. Hay que comer.

–Es normal que usted diga eso. Es italiano.

–¿Quiere decir que comemos demasiado?

–No –sonrió Bliss–. Sólo que la comida es una

parte importante de su cultura, ¿verdad? La comida, la familia y...

Se interrumpió al ver que la boca de él se torcía en una sonrisa divertida. Se quedó anonadada, con los ojos clavados en aquel gesto sensual que le provocó un escalofrío en la columna.

–*La dolce vita*. Amor por la vida, ¿no?

Lo dijo como si fuera un pecado y Bliss no pudo evitar pensar que él era la personificación de todas las cosas por las que eran famosos los italianos. Sexy, con mucho estilo, encantador, fuerte, arrogante y terriblemente hermoso.

–Sí, eso es –apartó la vista, avergonzada de que la hubiera sorprendido mirándolo.

–Venga a tomar un café y comer algo y hablaremos –dijo él.

Le dio la espalda y se alejó caminando con gracia. Bliss lo siguió admirada.

–¿Entonces estamos de acuerdo? Usted irá a buscar sus cosas y se quedará aquí con Renata y mi hermana hasta que llegue mi madre de Italia.

–Siempre que su hermana esté de acuerdo.

Dante suspiró como si se hubiera quitado un gran peso de encima. Miró a su sobrina, que jugaba con lápices de colores y papel en el suelo, y sus ojos verdes se suavizaron visiblemente.

–Ya es bastante malo que haya perdido a su padre, ¿no? Y ahora su madre no puede cuidar de ella.

–Eso sólo será temporalmente –se apresuró a

decir Bliss–. Tatiana se recuperará pronto, estoy segura.

–Sí, tiene razón.

Dante se alegraba de poder hablar con ella. Bliss poseía un aire de tranquilidad y madurez que él necesitaba mucho en ese momento. Se enorgullecía de su eficiencia en casi todos los campos de la vida excepto en las relaciones personales. Por mucho que intentara bajar la guardia, siempre había una distancia discernible entre sus padres, hermanos y él. Había sido así desde pequeño... porque su madre Isabella no era su madre biológica.

Dante había nacido de una aventura de su padre con una chica irlandesa con la que le habían prohibido casarse. Ella había muerto de cáncer de pecho poco después de dar a luz. Antonio, con el corazón roto, se hizo cargo del niño personalmente con la ayuda de su cuñada Romana, hasta que conoció a Isabella Minctti y se casó con ella cuando Dante tenía seis años. Un año más tarde había nacido Stefano, seguido, año y medio después, por Tatiana. Isabella nunca lo había tratado de un modo distinto a sus hijos, pero Dante siempre se había sentido un poco tramposo por no ser su hijo biológico, sobre todo porque su tía Romana le había recordado a menudo que él tenía la culpa de que Antonio no se hablara con sus padres. También solía recordarle, casi a diario, que tenía suerte de ser admitido en la familia después de lo ocurrido.

Dante sabía que, si Antonio hubiera sospechado lo que ocurría, lo habría separado inmediatamente de Romana, pero nunca supo cómo era en realidad su cuñada porque Dante no se lo dijo nunca.

Cuando al fin se encontró con una madre nueva, ya se sentía como un extraño en la familia, como el miembro que siempre tiene algo que probar y lo más fácil había sido concentrar todas sus energías en el trabajo. Pero ahora su hermana había sufrido una tragedia terrible y tenía ocasión de demostrar su lealtad y su amor y hacer todo lo que estuviera en su mano por ayudarla. Quizá eso lo ayudara a él a romper algunas de las barreras que había construido alrededor de su corazón... al menos con su hermana.

–Esta tarde, si a Tatiana le apetece hablar, la llevaré a verla. Quizá se abra un poco con otra mujer. Mi madre la llama todos los días, pero no es lo mismo que tenerla aquí con ella, ¿verdad?

–No, no lo es –musitó Bliss.

Su relación con su madre no había sido nunca tan íntima como a ella le habría gustado, pero comprendía el dolor de Tatiana por no tener a su madre cerca en esas circunstancias.

–Pero hablaré con ella si cree que eso puede ayudar. Por cierto, no olvide dejarme su número de teléfono por si necesito ponerme en contacto con usted.

–Eso no será necesario –repuso él.

–¿Por qué?

–Porque yo también me quedaré aquí. Pensaba que ya se lo había dicho.

Capítulo 3

A BLISS no se le había pasado por la cabeza esa posibilidad y sintió una oleada de pánico al pensar que dormiría bajo el mismo techo que aquel italiano atractivo. Quería ayudar a Tatiana y a su encantadora hijita, pero ese deseo se complicaba ahora con la atracción que empezaba a sentir por Dante. No era propio de ella reaccionar así ante ningún hombre por muy guapo que fuera y aquella atracción intensa por un desconocido le hacía cuestionarse su sentido común.

Dante vio su expresión de sobresalto y comprendió que había cosas que no le había dicho. Cosas importantes que ella debía saber sobre él para que no pensara que aquello era un juego elaborado por su parte para aprovecharse de ella. Con un gran esfuerzo, apartó la vista de la curva perfecta de sus caderas dentro de los vaqueros.

–Es natural que te resulte incómodo, pero no quiero perder de vista a Tatiana y la niña. Mi familia no me lo perdonaría si les pasara algo a alguna de las dos y yo tampoco podría perdonármelo.

Bliss se puso en pie con la niña y él la imitó.

–No sé cuidar de una niña tan pequeña, no tengo experiencia. Por eso necesito tu ayuda. Mi hermano Stefano y yo somos empresarios de hostelería. Tenemos hoteles en Italia, Cerdeña y en París y también uno pequeño y selecto aquí en Londres, en Belgravia, donde siempre hay una suite reservada para la familia. Pero yo no quiero quedarme allí en este momento tan duro para mi hermana. Por favor, dime que comprendes mi dilema.

Bliss respiró hondo y hundió un poco los hombros. Dante di Andrea era claramente un hombre muy rico y muy atractivo, con un fuerte sentido del deber familiar. Era absurdo imaginar que podría sentirse atraído por una chica corriente como ella y colocarlos a ambos en una posición comprometida cuando ella sólo había ido allí por la bondad de su corazón. Además, seguramente tenía una ristra de novias en Italia, cada una de ellas más hermosa que Afrodita.

–Lo comprendo, señor di Andrea.

Él frunció el ceño.

–Llámame Dante.

Bliss decidió hacerle caso y empezar a tutearlo.

–Comprendo tu situación –dijo–. En cuanto tu madre venga de Italia, me iré a casa, pero de momento me alegro de poder ayudar. La niña se ha dormido. ¿Dónde puedo acostarla?

Dante la precedió a la sala de estar y le indicó uno de los estilosos sofás de cuero. Cuando Bliss dejó allí a la niña, él la tapó con una mantita de lana de cachemira que había cerca.

–Creo que aprovecharé para ir a buscar mis cosas –declaró Bliss–. ¿Puedo llamar a un taxi desde aquí?

–No será necesario. Tengo un chófer en el hotel que estará encantado de venir a llevarte a casa. Lo llamaré y llegará en unos minutos. Por favor, no tardes mucho, no quiero empezar a pensar que no vas a venir.

El modo en que dijo aquello hizo que Bliss se sintiera como si hubiera accedido a tener un revolcón secreto con él a la luz de la luna. Su voz contenía un deje posesivo que hizo que se le pusieran de punta los pelos de la nuca. ¿Cómo iba a mantener la suficiente distancia emocional con aquel hombre si le provocaba sensaciones tan intensas? Tenía que controlarse y no olvidar que estaba allí para hacer un trabajo y nada más. En su vida no había sitio para enamoramientos fútiles ni ataduras románticas de ningún tipo.

Tal vez Bliss no supiera lo que quería exactamente de la vida, pero estaba segura de una cosa... no era una relación. Había vivido de cerca la tragedia del matrimonio de sus padres y visto cómo dos personas que habían empezado queriéndose se habían ido retirando cada una al interior de su infierno particular, incapaces incluso de cuidar de su hija por lo inmersos que estaban en su propia desgracia. Bliss había visto lo mala que podía ser una relación. ¿Y quién necesitaba eso? Lo más importante en ese momento era centrarse en lo que quería hacer con su vida en términos de una profesión y dejar de meterse en caminos trillados que no servían para mejorar su situación.

–Mi maleta ya está hecha, sólo tengo que recogerla –aunque su voz sonaba normal, le costó un gran esfuerzo apartar la mirada de la de Dante.

Cuando volvió en la limusina negra que la había llevado a buscar la maleta, Dante la llevó directamente a la sala de estar, donde Renata estaba sentada en un cojín delante de una televisión de pantalla grande viendo programas infantiles. Dante sonrió con aire de culpabilidad y se encogió de hombros.

–Estábamos viendo dibujos animados juntos. Es un placer sencillo, pero que he disfrutado enormemente. Es una alegría pasar tiempo con mi sobrina y tener el placer de oír su risa. Es lo mejor que me ha pasado en mucho tiempo.

Bliss sintió una opresión en el pecho. Por un momento no pudo hablar, sólo mirarlo. Se preguntó si él le había inducido algún tipo de trance, porque no podía apartar la vista de su hermoso rostro.

–Pasar tiempo con niños, compartir los placeres de ellos... puede recordarte a la infancia –Bliss dejó la maleta en el suelo y le sonrió. Y se quedó desconcertada al ver que la expresión de él se volvía seria y la devoraba con la vista. Esa mirada no tenía nada que ver con recuerdos de la infancia. Al contrario, era una mirada que tenía mucho que ver con un adulto viril en la cima de su poderío sexual. ¿Y quién podía culpar a Bliss por tener la sensación de que acababa de ser desnudada mentalmente por un experto?

–Ven, te enseñaré dónde vas a dormir –Dante apartó la vista antes que ella, con ademán abrupto y práctico, y la joven se quedó mirándole la espalda con el corazón latiéndole con fuerza. Con tanta fuerza, que se preguntó si estaba a punto de necesitar ayuda médica. Irritada consigo misma por comportarse de un modo tan poco apropiado, se pasó los dedos con impaciencia por el pelo, respiró hondo, tomó la maleta y lo siguió obediente por el pasillo.

–¡Chocolate, qué rico!

De vuelta en la sala unos minutos después, Bliss estaba tumbada en el suelo con Renata sentada a horcajadas en su pecho. La niña le metía botones de chocolate en la boca uno por uno. Dante había desaparecido en algún lugar del piso para llamar por teléfono y ella podía relajarse por el momento. Se divertía con su pupila y le gustaba la idea de pasar tiempo jugando en lugar de trabajar en un lugar que había aprendido a odiar rápidamente y de preocuparse por lo que iba a hacer con su futuro.

Cuando notó un cosquilleo en la nuca, comprendió que Renata y ella ya no estaban solas. Se incorporó hasta quedar sentada, rodeó la cintura de la niña con el brazo y rechazó sonriente más botones de chocolate. Besó en la mejilla a la pequeña y se levantó con cuidado, con la niña en brazos. Dante las contemplaba en silencio apoyado en la jamba.

–¡Podías haber dicho algo! –exclamó Bliss con tono acusador, molesta porque la hubiera observado sin ella saberlo.

El hombre sonrió imperturbable.

–Bliss, ¿te das cuenta de que negar a un italiano la oportunidad de mirar una belleza tan sublime es como privar de oxígeno a un buceador?

Bliss se ruborizó intensamente y se refugió en el olor dulce de la niña para no tener que centrar su atención en el tío.

–Sí, la niña es preciosa. Cuando crezca va a ser una rompecorazones, ¿verdad, cariño? Pero me gustaría que hubieras dicho algo; me has pillado por sorpresa.

–Yo no me refería sólo a la niña.

Bliss lo miró y se dijo que no debía sentirse halagada por sus palabras. Dante era italiano y los italianos eran famosos por sus coqueteos, los aprendían en el pecho de su madre. Seguramente decía lo mismo a todas las mujeres entre los diecinueve años y los noventa. Desde luego, no debía de pensar que fuera algo personal.

–Bueno, ¿venías a decirme algo más? –preguntó, decidida a concentrarse en la niña y hablar con él sólo cuando fuera estrictamente necesario.

–Quería preguntarte si quieres saludar ahora a Tatiana. Está despierta y le gustaría veros a Renata y a ti.

Bliss asintió de inmediato con la cabeza.

–Me gustaría mucho. Gracias.

Tatiana Ward estaba con la espalda apoyada en cojines blancos, con el pelo cayéndole suelto por los hombros. Su rostro, limpio de maquillaje, era pálido y de huesos finos y sus ojos color zafiro brillaban con la intensidad de joyas. Cuando Bliss entró detrás de Dante en la encantadora habitación, vio que Tatiana se sujetaba la bata encima del camisón y comprendió que ella no era la única que estaba nerviosa por la presentación. Dante murmuró algo en italiano y besó a su hermana en la sien y Tatiana le apretó la mano como agradeciéndole su apoyo. Después miró a Bliss y tendió los brazos hacia su hijita.

Bliss le pasó a Renata después de quitarle la bolsa de botones de chocolate, que dejó en la mesilla con el corazón henchido de ternura al ver a la madre y la hija tan juntas. Un momento después, Renata se apartaba para sentarse en el regazo de su madre y sonreía con timidez a la nueva mujer que había aparecido en su vida.

–Eres muy amable por ayudarme, Bliss. Cuando te vi detrás del mostrador de la tienda pensé que tenías un rostro amable y compasivo.

–Me alegró poder ayudar. ¿Cómo te sientes hoy?

–Cansada. Parece que no consigo que mi cuerpo haga lo que yo quiero. Debes de pensar que soy una mala madre si ni siquiera puedo cuidar de mi pequeña.

La desesperación nublaba sus brillantes ojos azules y las lágrimas temblaban en sus mejillas como perlas cristalinas. Bliss se sentó sin pensar en el borde de la cama y le acarició el brazo con gentileza.

–Estás sufriendo, Tatiana. Tienes derecho a sentirte cansada y vacía y eso no te convierte en una mala madre. Sólo necesitas cuidados, cariño y tiempo para sanar. Yo me quedaré todo el tiempo que me necesites, te lo prometo.

–Gracias. Tengo mucha suerte de haberte encontrado. Está claro que mi hija se siente a gusto contigo. Mi corazón se alegra por eso.

El corazón de Dante compartía el sentimiento de su hermana. Cuando vio a Bliss consolar a Tatiana como si reconfortar a los demás fuera algo que le saliera de modo natural, no pudo reprimir la ola de placer y deseo que lo invadió al ver su mano pequeña en el brazo de su hermana. ¿Qué tenía aquella inglesita de ojos violetas que lo afectaba de aquel modo? Apartó aquellos pensamientos de su mente con esfuerzo, consciente de que su prioridad debía ser su hermana y su sobrina. En cuanto llegara su madre de Milán, él volvería a su trabajo y se olvidaría de Bliss Maguire.

Pero cuando Bliss entró aquella noche en la sala, después de bañar y acostar a Renata, la mirada hambrienta de Dante siguió su figura con deseo. Ella iba descalza y la camiseta realzaba mucho las curvas de los pechos. Se sentó en uno de los sofás, apretó un cojín contra el pecho y a Dante lo perturbó notar que de su mente desaparecían todos los pensamientos que no fueran la necesidad primigenia de hacer el amor con ella.

–Tu sobrina está dormida. La pobrecita no podía seguir más tiempo despierta. No te preocupes si se despierta por la noche, seguro que yo la oigo desde mi cuarto.

Dante no contestó. Los ojos de ella eran tan hermosos y su voz tan suave que se sentía como en trance. Se levantó del sillón y se quedó en pie al lado, incapaz de estarse quieto debido a la tensión. ¿Qué le hacía aquella mujer? La había contratado para que cuidara de Renata, no para que se convirtiera en objeto de su lujuria.

–¿Dante?

–Espero que no se despierte y que tú puedas descansar toda la noche seguida. Sé lo cansado que es cuidar niños. En el buen sentido, claro, pero muy cansado.

Su interés complació a Bliss más de lo que hubiera sido normal.

–Tu trabajo también debe de ser agotador –repuso. Apretó el cojín contra el pecho y esperó su respuesta.

–Ser empresario de hostelería no es duro –él se encogió de hombros.

Pero Bliss sabía que dirigir varios hoteles internacionales a la vez requería mucho sentido de los negocios además de trabajo y dedicación. O se mostraba muy modesto o simplemente tenía tanto talento y habilidad que no consideraba un problema lo que sí se lo parecía a otras personas. Bliss estaba casi segura de que se trataba de lo último.

–Mi padre compró un hotel cuando yo era muy pequeño. Trabajó mucho para que tuviera éxito y lo consiguió. Cuando mi hermano y yo nos hicimos mayores, ya tenía varios hoteles. No fue muy difícil entrar en el negocio y ayudar a aumentar su éxito.

Lo que Dante no dijo fue que, cuando él entró en los negocios, Antonio había perdido ya dos de los hoteles debido a inversiones que no salieron bien y estaba a punto de perder un tercero. Después de estudiar Económicas y Administración de Empresas por las noches además de ayudar a su padre para aprender el negocio de primera mano, Dante había adquirido la habilidad de hacer exactamente lo que debía para dar la vuelta a las situaciones conflictivas. Menos de dos años después de que empezara a trabajar oficialmente con su padre, no sólo habían recuperado los dos hoteles perdidos, sino que además habían comprado otros dos. Cuando Stefano entró en el negocio, los hoteles di Andrea tenían ya fama internacional de buen servicio y de lo que Antonio llamaba con orgullo «estilo anticuado y confort». El cliente siempre tenía razón y nada de lo que pedía era imposible de conseguir. Por lo que a Dante respectaba, con ese lema no podían perder.

–¿Y te gusta tu trabajo? –quiso saber Bliss.

–Me apasiona.

La joven no pudo reprimir un suspiro de envidia.

–¡Ojalá yo pudiera encontrar un trabajo o una profesión que me apasionara así!

–¿No te gusta trabajar en la tienda?

–¿Te burlas de mí? –ella hizo una mueca y dejó el cojín a un lado–. A veces creo que preferiría cavar zanjas. Por lo menos estaría al aire libre en vez de medio asfixiada por los vapores de los perfumes.

Dante no podía comprender la necesidad imperiosa que sentía de pronto de proteger a aquella mujer de un trabajo que le disgustaba tanto como para preferir cavar zanjas. Porque aquellas manos no estaban hechas para esa labor. No, a él se le ocurrían usos mucho mejores y ninguno relacionado con sostener una azada.

–¿Has ido a la universidad? –preguntó, curioso por saber por qué hacía un trabajo que tan poco le gustaba.

La joven lo miró a la defensiva y cruzó los brazos en el pecho como si quisiera protegerse de recuerdos desgraciados.

–No. Las circunstancias de mi familia no eran para ir a la universidad. Tuve que empezar a trabajar y mantenerme a los dieciséis años.

–¿No vivías en casa?

–Sí, vivía en casa –Bliss tragó saliva para acabar con una presión intolerable y tomó la decisión de decirle la verdad, cosa rara en ella, ya que no se la había dicho ni a Trudy, su mejor amiga–. Cuando tenía dieciséis años, mi madre se suicidó. Mi padre tenía problemas con la bebida y empeoraron aún más. Tuve que cuidar de él y de mí hasta que se marchó dos años después de la muerte de mi madre. Me dejó una nota diciéndome que no lo buscara y hace más de siete años que no lo veo.

Dante guardó silencio un momento.

–Eso debió de ser... muy difícil.

Bliss lo miró con ojos brillantes.

–No. Fue horrible y un infierno, pero no «difícil». Perder a mis padres en dos años fue mucho más que eso. Pero de todos modos, no sé por qué te lo he contado. No suelo hacer confidencias a desconocidos.

Capítulo 4

ME GUSTARÍA creer que ya no soy un desconocido, Bliss. Y siento muchísimo que te ocurriera algo tan terrible.

Dante comprendía instintivamente lo que debía de haberle costado revelar algo tan personal y descubrió que el respeto que sentía por aquella mujer sorprendente se hacía cada vez más profundo.

–Bueno, todos tenemos que llevar nuestra cruz.

Bliss se puso en pie y lo miró incómoda. ¿Había hablado demasiado? ¿Confiaría en ella ahora que sabía que iba de trabajo en trabajo y procedía de una familia tan complicada? Se sentía algo desanimada y sabía que necesitaba una distracción que le impidiera deprimirse aún más. Un poco de aire fresco antes de acostarse no estaría mal, algo de tiempo para reconstruir sus defensas, vulnerables debido a la tristeza del pasado.

–Voy a salir un rato. ¿Me llevo una llave para no molestarte?

–No es necesario.

A la mirada ardiente de él no se le escapaba nada; desde luego, no el deseo de ella de estar a solas para lidiar con sus recuerdos. Enderezó los hombros y asintió con la cabeza.

–Te esperaré levantado. Mientras estés bajo el techo de mi familia, soy responsable de tu cuidado. Pero no estés mucho tiempo fuera. No está bien ni es seguro que una mujer pasee sola por la noche.

Bliss, que protegía mucho su independencia, simplemente porque se había visto obligada a tenerla desde muy joven, estaba a punto de decirle que no necesitaba que la cuidaran, pero se sintió cansada de pronto y sin ganas de discutir. Además, no podía negar que en el fondo le resultaba agradable que alguien se preocupara de ella para variar.

–No tardaré mucho –musitó.

Y escapó rápidamente, antes de que le fuera imposible reprimir el deseo de permanecer en aquel piso maravilloso con aquel hombre igualmente maravilloso.

–Hoy os voy a invitar a Renata y a ti a comer fuera –le dijo Dante a la mañana siguiente después de desayunar.

Bliss, que limpiaba la cara de la niña con una toalla húmeda, lo miró a través de la mesa sorprendida.

–No tienes por qué hacerlo.

–Tatiana espera la visita de un amigo de la familia, un sacerdote de la zona de mi padre, en Varese. Yo confío en que pueda ofrecerle el consuelo que tanto necesita, así que esperaremos a que llegue y saldremos. Ya he reservado mesa.

Bliss decidió con resignación que no tenía sentido oponerse. El rostro atractivo de él parecía tenso y preocupado, como si luchara con problemas que pusieran a prueba su paciencia. Y sin duda así era. Tatiana seguía en la cama sin dar muestras aparentes de querer salir de ella. El doctor que la había examinado el día anterior le había dicho que no podía predecir cuánto tiempo tardaría su hermana en recuperarse del shock y el dolor. Le dijo que era distinto para cada persona, aunque las fases por las que pasaban el cuerpo y la mente eran las mismas. La familia tendría que ser paciente y esperar.

Media hora mas tarde, llegaba la asistenta, una italiana regordeta y sonriente llamada Sophia. Bliss llevó a Renata a la sala y Dante la siguió pensativo.

–¿Te sientes mejor hoy? –preguntó.

–¿Mejor? –Bliss frunció el ceño, hasta que se dio cuenta de que se refería a su confesión de la noche anterior sobre su vida familiar. Sintió que se ruborizaba. Dejó a la niña en el suelo con sus juguetes y miró distraídamente por la ventana–. Estoy bien, gracias. Por favor, no pienses más en lo que dije. Era tarde y estaba cansada.

Pero Dante sabía que no había sido tan tarde y suponía que el cansancio al que se refería procedía más de lo que ella había llamado «su cruz» que de la fatiga física.

Por el momento no ignoraría su petición de no pensar más en ello, pero no podía negar que, además de su preocupación por Tatiana y su sobrina, empezaba a sentir curiosidad por la joven que tan dispuesta se había mostrado a acudir en ayuda de su familia. Más tarde quizá, cuando Renata estuviera acostada y ellos solos, intentaría averiguar más de su historia. Quizá, al igual que él, ella se había acostumbrado a ocultar sus pensamientos a los que la rodeaban, sobre todo a los más cercanos a ella. Quizá necesitaba contarle la verdad a alguien al que no conocía de nada. Tendría que esperar y ver. Y tal vez alentarla un poco. Después de todo, en su trabajo se esmeraba por potenciar relaciones abiertas y sinceras con sus empleados siempre que podía.

–¿Quién iba a pensar que dar vueltas a espaguetis alrededor de un tenedor sería tan difícil como encontrar un pozo de agua en el Sahara?

Bliss apartó la vista con frustración y Dante la miró desde el asiento de enfrente. Renata estaba sentada en una sillita alta entre los dos, con la boca llena de salsa de tomate, y Dante sabía que los clientes de aquel restaurante italiano de lujo, propiedad de un amigo de la familia, los tomarían por una familia. Mamá, papá y la bella hijita. Un brillo de posesión iluminó sus ojos mientras miraba en silencio a la hermosa mujer sentada enfrente.

–Vamos, no es muy difícil. Deja que te enseñe.

Pero no sólo le enseñó. Mientras Bliss lo miraba en silencio, como mira un espectador a un funambulista cuyas hazañas no puede pretender emular, él enrolló los espaguetis en torno a su tenedor y se inclinó sobre la mesa para metérselos en la boca. Bliss, con el corazón latiéndole a cien por hora, intentó masticar la deliciosa pasta con un mínimo de gracia, pero el calor con que la miraba Dante volvía la tarea casi imposible. Era terrorífico sentirse tan impotente para resistirse al encanto innegable de aquel hombre, y la montaña rusa que sentía en la boca del estómago cada vez que Dante di Andrea la miraba empezaba a convertirse en un hábito descorazonador. Por muy honorable que fuera aquel hombre, y lo era, a Bliss no le cabía duda de que también jugaba con ella haciendo gala de su encanto latino. Y el mayor error que podría cometer ella sería engañarse y creer que era especial sólo porque su mirada apasionada parecía prometer que, si ella estuviera en una fila de reinas de la belleza, sería a ella a la que elegiría sobre todas las demás.

–No sabía que comer espaguetis fuera todo un arte –musitó. Se limpió los labios con la servilleta, más para ocultar su confusión que porque fuera estrictamente necesario.

–Yo tampoco –repuso él en serio–. Pero tú lo conviertes en un arte.

–*Ciao*, amigo mío. Me alegro de verte... *è stato un molto tempo.*

–Sí –Dante se levantó un momento para estrechar la mano de un hombre elegante de pelo plateado y ojos sonrientes–. Mucho tiempo, Raphael. Demasiado.

–¿Y ésta es tu hermosa familia? ¿Por qué no sabía que te habías casado y tenías esta hermosa *bambina*?

Antes de que Dante o Bliss pudieran decir algo, Raphael se inclinó y besó a Renata en ambas mejillas, sin que al parecer le importara correr el riesgo de mancharse de salsa de tomate. Fue un gesto tan espontáneo y natural que Bliss simpatizó inmediatamente con él. Miró a Dante y se preguntó por qué fruncía éste el ceño.

–Renata es mi sobrina, Raphael. Bliss es una amiga y yo sigo soltero.

–¿Qué?

El hombre se enderezó, miró a Bliss con aprobación y lanzó un torrente de palabras en italiano. Dante sonrió y se encogió de hombros y Raphael dio la vuelta a la mesa y plantó también dos besos sonoros en las mejillas de la joven.

–*Bellissima*. No le hagas caso a mi amigo Dante si te dice que sólo sois amigos. Cuando os he visto hace un momento, ninguno de los dos tenía ojos para nadie que no fuera el otro. Está claro que debéis de estar juntos. ¿O no?

Bliss se ruborizó intensamente y no supo qué decir. Miró a Dante y la sorprendió ver que parecía divertido y no tenía prisa por corregir la impresión totalmente equivocada que había sacado su amigo de la situación. ¿Por qué no decía nada?

–Lo siento, pero se equivoca. Yo sólo trabajo para el señor di Andrea, nada más.

Raphael no pareció aceptar en absoluto aquella idea. Movió la cabeza con una sonrisa.

–Pero sois perfectos el uno para el otro. Yo, Raphael Destrieri, entiendo de esas cosas. Tú eres hermosa y eres italiana, ¿no?

Bliss no pudo reprimir una sonrisa.

–No, no soy italiana –repuso–. Mi madre era inglesa y mi padre irlandés.

Dante, que contemplaba embelesado los hoyuelos de ella al sonreír a su amigo, sintió que se agudizaba su interés. ¿Era mitad irlandesa? Con un apellido como Maguire, tendría que haberlo adivinado. Lo alegró curiosamente descubrir aquel punto común entre ellos. Su padre le había dicho muchas veces que su madre había sido muy hermosa. Dante tenía una vieja foto en blanco y negro que le había dado Antonio. Su madre también era morena, como Bliss, pero en lugar de violetas, sus ojos eran verdes, tan verdes como la Isla Esmeralda de la que procedía.

–¿Has rastreado tu árbol genealógico? –preguntó Raphael con el ceño fruncido.

Bliss dio una cucharada de comida a Renata y pensó con resignación en su familia.

–No –repuso.

–¿Y tus padres tampoco? Estoy seguro de que debe de haber sangre italiana en alguna parte. Sólo hay que verte.

–Raphael... Bliss está incómoda con tus preguntas, amigo mío. ¿Qué importa de dónde sea? Quizá damos demasiada importancia a esas cosas, ¿eh?

No era sólo Bliss la que se sentía incómoda con la insistencia de Raphael por descubrir sus antecedentes familiares, por lo que Dante dio deliberadamente un tono de mando a su voz.

–¿Cómo puedes decir eso? Claro que es importante de dónde venimos. Tú y yo no somos familia, pero estamos unidos por el vínculo común de nuestros antepasados, ¿no? Tu padre y mi padre procedían del mismo pueblo de Italia. Eso cuenta para algo, ¿no?

–Yo no he dicho que no sea importante –repuso Dante con calma.

Le hervía la sangre por la complejidad de los sentimientos que le producían las palabras del viejo, sentimientos sobre identidad y pertenencia a un lugar que lo habían acompañado a lo largo de treinta y tres años.

–Simplemente digo que otras personas pueden no apasionarse tanto por el tema como tú.

Raphael suspiró, levantó los brazos al techo y sonrió con buen humor. Miró a Bliss con una inclinación de cabeza.

–Perdóneme si la he ofendido, querida. No era mi intención.

–No me ha ofendido en absoluto, señor Destrieri –repuso Bliss.

Renata le tendió los brazos y ella no vaciló en sacarla de la silla. Distraídos por la escena, los dos hombres guardaron silencio y observaron a la niña acurrucarse contra las curvas que ocultaba la blusa rosa caramelo de la joven y a ésta acariciarle el pelo con la ternura de una madre amantísima. Dante, sorprendido por el anhelo intenso que le llenó el pecho, habló con Raphael en su lengua nativa y prometió llamarlo pronto para tomar una copa con él y ponerlo al día en noticias familiares. Aplacado por la sugerencia, su amigo se despidió de Bliss, acarició el pelo de Renata y estrechó con firmeza la mano de Dante antes de alejarse.

–Es un hombre muy simpático –comentó Bliss.

–Es un gran experto en arte –repuso él–. Y sabe reconocer la belleza cuando la ve.

Bliss bajó los ojos, abrumada y muda por el elogio, y besó con suavidad la cabeza de Renata.

–¡Tatiana! ¿Qué haces levantada? ¿Se ha ido ya el padre Chinelli?

La joven morena, ataviada con una bata de raso color melocotón, se levantó del sofá al verlos entrar. Algo en la expresión de sus ojos color zafiro impulsó a Bliss a abrazar con más fuerza a Renata. Dante también pareció notarlo, ya que miró a su hermana con curiosidad.

–Sí, el padre Chinelli se ha ido. Me ha sentado bien hablar con él. Gracias por haberlo hecho venir.

–La conversación ha debido de sentarte bien si vuelves a estar levantada.

–No ha sido sólo el padre Chinelli –repuso Tatiana con una sonrisa–. Mamá ha encontrado una buena enfermera para papá y vendrá mañana a quedarse conmigo. ¿Qué te parece?

Dante tardó un momento en contestar. Si su madre llegaba al día siguiente, ya no necesitarían la ayuda de Bliss y él no tendría motivos para volver a verla. Sintió un vacío casi doloroso en su interior que no tenía sentido. ¿Cómo iba a tenerlo si apenas conocía a aquella mujer? Y sin embargo, no podía negar que había un vínculo entre ellos, en la atmósfera. Era como si el mismo aire contuviera el aliento cuando estaban juntos.

–Me alegro mucho. ¿Cuándo llega? Le enviaré un coche al aeropuerto.

Bliss notó con curiosidad que no había mucho sentimiento en su voz. ¿No lo complacía que su hermana se sintiera mejor y su madre se desplazara desde Italia para ayudarla?

Aunque eso implicaba que ya no requerirían sus servicios. El corazón le dio un vuelco. Ese día había ocurrido algo raro en el restaurante. Por primera vez en su vida, se sentía tan atraída por un hombre que esa atracción le daba miedo. ¿Pero por qué tener miedo si seguramente no volvería a verlo cuando se marchara de allí?

No podía haber nada entre Dante y ella. Él tenía su mundo y ella el suyo. Y ahora los dos tenían que volver a esos mundos... a lo conocido y familiar... y olvidar que se habían conocido, como extraños en un tren cuyas miradas se cruzan un instante antes de verse obligados a apearse en paradas distintas.

–Llega a las tres. Bliss, siento que ya no vaya a necesitar tu ayuda después de mañana, ¿pero te importa quedarte una noche más? Me gustaría tomar un baño y preparar cosas para la visita de mi madre y te agradecería mucho tu ayuda.

–Por supuesto. Y me alegro mucho de que te encuentres mejor, Tatiana.

–Gracias. Oh, y Dante, mamá dice que hay un problema en el hotel de Milán. Te necesitan allí –Tatiana se acercó a besar a su hija en la mejilla y después volvió a su dormitorio.

Ni Dante ni Bliss se movieron de inmediato. El silencio resultaba tan tangible que podría haberse cortado con un cuchillo. Al fin Dante se volvió a mirarla.

–Esto es una sorpresa, ¿verdad? No esperaba que mi madre pudiera venir tan pronto. Mi hermana se siente muy unida a ella y ya ves cómo se alegra de que venga.

–Es una noticia maravillosa, Dante. Estoy segura de que la ayudará mucho tener a tu madre aquí.

–¿Pero tú te irás mañana? ¿Volverás a tu trabajo en la tienda?

¿Qué podía hacer sino asentir? Se sentía desgraciada sólo de pensar que tenía que volver a la tienda, pero de momento no había otra alternativa. Habían consentido en darle una semana libre sin sueldo, así que por lo menos tendría unos días para pensar en buscar otro trabajo más agradable antes de volver. Miró a Dante, se colocó a Renata mejor en la cadera y sonrió sin ganas.

–Tengo unos días antes de volver, así que procuraré aprovecharlos al máximo. Tengo que ordenar mi apartamento, así que no me faltarán cosas que hacer.

–Pero no quieres volver, ¿verdad? –preguntó él con suavidad.

Bliss se encogió de hombros.

–En la vida tiene que haber algo más que mostrar perfumes a mujeres ricas y mimadas que seguramente ya tienen el cuarto de baño lleno de ellos. No se puede decir que eso sea ayudar al mundo, ¿verdad?

Dante la miró con un brillo de diversión en los ojos.

–Y a ti te gusta ayudar a la gente, ¿verdad?

–Cuando puedo, sí.

–Entonces es un desperdicio que estés detrás de un mostrador de cosméticos. Aunque seguro que los ayudas a vender muchos cosméticos porque las mujeres que los compran quieren parecerse a ti.

–Y tú seguro que has ido a una escuela de halagos desde pequeño. La adulación te sale sin ningún esfuerzo –comentó Bliss.

Se volvió y se preguntó por qué se sentía tan dolida y enfadada. Dante sólo la había contratado para ayudar con su hermana y su sobrina. Y ahora que Tatiana empezaba a sentirse mejor, era evidente que ya no la necesitaban. ¿Pero por qué se sentía engañada?

–¿Crees que no hablo en serio cuando te hago un cumplido? –Dante la tomó del brazo.

–¿Qué más da? Después de mañana no volveremos a vernos. Creo que Renata necesita una siesta. Si me disculpas, voy a echarla en la cuna.

–Puede que tú me olvides, Bliss Maguire, pero yo no te olvidaré tan fácilmente.

Dante bajó la cabeza y la besó en los labios con tal furia que ella estuvo a punto de soltar a la niña.

Capítulo 5

NO HAS debido hacer eso. ¿Por qué lo has hecho?

Acababa de soltarla y Bliss tenía la sensación de estar en otro planeta porque nada tenía sentido, salvo su anhelo de algo más que lo que Dante tenía que ofrecer. Le cosquilleaban los labios, que echaban ya de menos la caricia de él, como si se hubieran visto privados de ella mucho tiempo. Sus ojos se encontraron con los de Dante y vio que él parecía tan afectado como ella por lo que acababa de ocurrir. Se pasaba los dedos por el pelo y Bliss notó que le temblaban ligeramente las manos.

–¿Y tienes que preguntarlo? –gruñó con voz tensa.

¿Qué podía decir ella? Sus sentimientos en ese momento eran un torrente de confusión y no tenía una respuesta clara. ¿Por qué había tenido que hacer eso? Antes de que la besara, quizá habría podido alejarse y conservar un recuerdo agradable de él y nada más, ¿pero qué iba a hacer ahora?

Renata le tocó la mejilla como si captara que algo no iba bien y Bliss se perdió un momento en sus suaves ojos marrones.

–Es evidente que sabes algo que yo no sé –murmuró.

El respingo de Dante mostraba una tensión y una furia que ella no entendía. ¿No era ella la que debería estar enfadada? Después de todo, tendría que alejarse y fingir que no había ocurrido un terremoto en su interior, mientras que para él ella sólo sería otra cara bonita que había deseado brevemente pero que había olvidado con rapidez.

–No me creo que no sepas por qué te he besado. Eres una mujer inteligente y no me creo que no reconozcas el deseo cuando lo ves.

–Lo reconozco, pero eso no significa que lo aliente.

Bliss salió del cuarto con la niña, consciente de estar optando por la postura más cobarde.

Cuando terminó de guardar sus cosas, Bliss miró la habitación que había ocupado durante sólo dos noches. Su mirada de melancolía se posó en los yates anclados justo fuera de su ventana y que representaban un mundo tan distinto al suyo. Aquello era la élite a la que pertenecía Dante, una esfera habitada por empresarios y ricos, donde la gente tenía que tomar decisiones que ella no podía ni imaginar... a qué isla privada ir de vacaciones o a qué diseñador acudir esa primavera. Y si Tatiana no se hubiera desmayado delante de ella en la tienda, su vida no habría sufrido un vuelco tal que no sabía cómo volver a ella.

Dante la iba a llevar a casa de camino al aeropuerto para recoger a su madre y pensando ya sin duda en su partida inminente a Italia. ¿Qué lo había impulsado a besarla el día anterior? Se había apoderado de sus labios como si fuera a morirse si no lo hacía y le había causado un efecto tan profundo que Bliss se preguntaba si de verdad había estado despierta alguna vez en su vida hasta ese momento. Tal era el impacto del deseo que había encendido en ella.

–¿Bliss? ¿Estás lista?

La joven lanzó un gemido, pero cerró la maleta con dedos temblorosos, miró una vez más los barcos y se acercó a la puerta con determinación.

–Estoy lista.

Cuando Dante transportaba la maleta hasta el segundo piso, arrugó la nariz con disgusto por el olor a rancio que se pegaba a las escaleras de cemento. No esperaba que Bliss viviera en un edificio de lujo, pero lo molestaba profundamente que viviera en un lugar tan desprovisto de alma. Pensó que era como una flor silvestre que crecía entre las ranuras del cemento... frágil y dura al mismo tiempo, algo que daba belleza a un paisaje que la necesitaba desesperadamente. Ya había deducido que su trabajo no debía de estar bien pagado y evidentemente sus opciones de apartamento serían limitadas, pero además de eso, sabía que no le gustaba su trabajo y no podía evitar sentirse mal por el claro contraste entre las circunstancias de ambos.

–Bien, supongo que eso es todo –musitó Bliss.

Abrió la puerta, sin dar señales de querer invitarlo a entrar, y lo miró sin molestarse en ocultar que estaba alterada. ¿Lamentaba dejarlos a su adorable sobrina y a él?

–Quiero entrar un momento –dijo.

Bliss lo miró de hito en hito.

–¿Por qué?

Dante le apretó el hombro y la empujó hacia el interior y ella no supo qué pensar. Él cerró la puerta y sintió un repentino placer al ver el vestíbulo acogedor y bellamente decorado, con una moqueta beige claro y paredes color amarillo suave que evocaban una atmósfera de calma. Dante respiró hondo y comprendió que para él era importante saber que Bliss tenía belleza en su vida. El exterior de su casa podía dejar mucho que desear, pero dentro había creado un oasis que ofrecía descanso y relajación a su alma atormentada.

–Tengo que pagarte.

–¿Pagarme?

Bliss retrocedió contra la pared y lo vio dejar la maleta en el suelo y sacar un sobre largo del bolsillo de la chaqueta. Se lo tendió con una sonrisa sexy que hizo que a Bliss se le contrajera el vientre en un espasmo que resultaba casi doloroso.

–Por acudir en ayuda de mi hermana y por ser una buena samaritana.

La joven no quería el dinero. Le parecía que aquello estaba mal. Sólo había hecho lo que habría hecho cualquier persona que se respetara, ¿no?

Aceptar dinero por ayudar a alguien cuando estaba en una crisis no encajaba con su código ético. Además de lo cual, había formado un vínculo fuerte con la pequeña Renata en los dos últimos días y ya la echaba de menos. De hecho, la idea de no volver a verla le producía un vacío interior que no sabía cómo llenar.

–No importa, Dante, no necesito que me pagues. Ha sido un placer ayudar a tu hermana. Lo que le ha pasado a Tatiana es trágico, no quiero beneficiarme de ello.

–Pero teníamos un acuerdo, ¿no? Te has ganado este dinero y yo te estoy muy agradecido. Por favor, acéptalo. Tatiana se ofenderá si no lo haces.

–No, Dante. Dile que ha sido un privilegio ayudarla con Renata. Su hija es encantadora –Bliss sentía de pronto tanta emoción que le costaba hablar. Unas lágrimas traicioneras se agolpaban en sus ojos e intentó apartarse antes de que Dante las viera.

–Estás llorando. ¿Por qué? –él la arrinconó antes de que pudiera moverse y dejó caer el sobre al suelo. Le acarició la mejilla y la miró muy serio, como si fuera un enigma para él.

–No puedo creer que me esté portando así. Por favor, Dante, vete antes de que haga aún más el ridículo.

No quería su amabilidad ni su consuelo. Sólo quería que se fuera, aunque su mente y su cuerpo no parecían estar de acuerdo sobre esa decisión, ya que el contacto de la mano de él hacía que su cuerpo temblara con un anhelo casi doloroso.

–Yo no creo que seas ridícula para nada. Eres valiente y hermosa.

–No digas eso. No me hagas cumplidos, no me los merezco.

–Tú no puedes impedirme que diga la verdad. Sólo me pararás si me besas y entonces te diré palabras que sólo pueden salir de la boca de un amante hasta que no te quepa ninguna duda de que mi admiración por ti es sincera.

–No.

–Sí, Bliss. Sí.

Dante la besó en la boca y la pared detrás de Bliss pareció volverse tan líquida como su espina dorsal. El creciente deseo de rendirse a él era difícil de combatir. Sus dedos se aferraron a las solapas de la chaqueta de él como si se tratara de un salvavidas. Dante bajó las manos por su cuerpo hasta la cintura y ese contacto dejó una huella tan profunda que Bliss empezó a temblar. Él juntó sus caderas a las de ella y profundizó en el beso. Su lengua se movía con una eficacia destinada a provocar una respuesta apasionada.

Bajó los labios para besarle el cuello y le rozó la piel con los dientes. Tiró de la camisa de algodón de ella e hizo saltar botones en todas direcciones. Bliss arqueó el cuerpo contra él, desesperada por sentir la suavidad de su mano, la piel de él contra la suya. Dante murmuró algo en italiano y tiró con brusquedad del sujetador, que apartó sin contemplaciones. Tomó los pechos de ella en las manos y rozó los pezones hasta que Bliss se apoyó contra él con un grito ahogado; se los metió por turnos en la boca y la llevó a un nirvana tan erótico que ella no podía hacer otra cosa que gemir y morderse el labio inferior mientras una oleada tras otra de placer sacudían su cuerpo y la dejaban tan atontada como si acabara de sufrir los efectos de un huracán.

–¿Dónde está el dormitorio?

Dante la miró a los ojos con gesto posesivo, con una necesidad primitiva de hacerla suya. Bliss se apartó de la pared intentando colocarse la ropa, pero no contestó, sino que echó a andar por el pasillo hasta una de las puertas y entró.

Cuando Dante se reunió con ella, ya se había quitado la chaqueta y los zapatos y abierto varios botones de su camisa italiana. Bliss se quitó la camisa con manos temblorosas y después se desabrochó los vaqueros. Ninguno de los dos habló mientras se desnudaban. El aire que compartían decía todo lo que necesitaban decir y más. Crujía a su alrededor, denso por el deseo y la anticipación. Bliss podía haber perdido confianza por su falta de experiencia en aquellos temas, ¿pero por qué hacerlo si Dante había demostrado ya tan abiertamente su deseo? Sólo tenía que seguirlo a él y sabría lo que tenía que hacer. Si vacilaba o se sentía tímida de pronto, Dante seguramente sería un buen guía.

Él se quitó la camisa y Bliss miró con ansia su hermoso cuerpo. Su pecho era ancho y bronceado, bien definido y con un tono muscular perfecto. Se acercó a ella con una sonrisa de lujuria y Bliss se estremeció con violencia. Dante terminó de desnudarse y, sin apartar los ojos de ella, se acercó a besarla en los hombros desnudos y después la empujó suavemente contra las almohadas.

Bliss llevaba unas braguitas negras de seda y encaje con lacitos rosas a los lados y tenía un cuerpo perfecto para exhibirlas. Dante la miró y sintió que el deseo en él se hacía casi insoportable. Contempló sus pechos perfectos y pensó que todo en ella era tentador como el pecado y, sin embargo, poseía también una inocencia encantadora de las que no se pueden fingir. La excitación y el ardor hacían que el corazón le latiera con fuerza. Le susurró en italiano lo que quería hacerle exactamente y le quitó las braguitas. Le acarició la parte interior del muslo y deslizó los dedos lentamente en su humedad. Ella gimió y él la besó con pasión en la boca.

Incapaz de esperar más, la penetró y se sintió endurecer hasta un punto en el que el roce con ella suponía una tortura exquisita. Sentía los músculos de Bliss cerrarse a su alrededor en un acto de posesión femenina profundamente carnal mientras la besaba por todas partes. Pero por mucho que la tocara, descubría que todavía ansiaba más... como un hombre que llevara mucho tiempo privado de alimento y ahora no pudiera contener su apetito.

El placer que la consumía era tan increíble que Bliss apenas podía soportarlo. A un nivel subconsciente se preguntó si no llevaría toda su vida buscando a aquel hombre. Era tan hermoso que le costaba creer que la deseara con tanto ardor cuando seguramente podía hacer el amor con todas las mujeres que quisiera. Pero en sus brazos ella se sentía igualmente hermosa, querida y deseada más allá de toda lógica. Querer algo más que eso seguramente sería un pecado. La forma de hacer el amor de Dante la había transportado a un paraíso previamente desconocido, ¿y cuántas mujeres podían afirmar haber conocido lo mismo?

Sabedora de que estaba al borde del orgasmo, acopló el movimiento de sus caderas al ritmo exigente del cuerpo de Dante. Sus ojos se oscurecieron por el deseo y el clímax cayó sobre ella como una cascada gigante que no le permitía otra cosa que rendirse a él. Pero antes de que los latidos de su corazón recuperaran el ritmo normal, Dante llegó también al orgasmo y se dejó caer sobre ella murmurando palabras en italiano y derramando su esencia en ella como fuego líquido. Bliss casi no se atrevía a respirar por miedo a alterar la sensación de satisfacción y alegría que la habían invadido.

Dante se colocó de lado y sus labios se abrieron en una sonrisa de satisfacción masculina, la sonrisa de un hombre que había dejado su marca en la mujer que había elegido y no se disculpaba por ello.

Bliss se sintió también momentáneamente encantada con el gesto... hasta que se dio cuenta de lo que habían hecho.

–¡Dante! ¿Por qué no has usado algo? ¡Yo no tomo la píldora!

–¡Maldición! –la miró y movió la cabeza–. Perdóname, no he debido hacerlo. Pero no estaba preparado para lo que acaba de ocurrir. Soy idiota. ¿Quieres que te lleve a un médico, que pidamos algo?

Bliss se apoyó sobre un codo y lo miró con admiración. Incapaz de resistir la atracción magnética de su mandíbula fuerte, la acarició con los labios, como un escultor que se preguntara cómo trasladar una perfección tan sublime al mármol frío e inanimado.

–Seguro que no pasará nada, no son los días de más riesgo –murmuró, porque no quería estropear la maravilla de sus momentos juntos con preocupaciones sobre lo que podía ocurrir en el futuro–. Dante... –musitó con suavidad.

Él le tomó la mano y se la llevó a los labios, donde la besó con adoración.

–¿Sabes lo que me has hecho? –le preguntó con una sonrisa–. Me has dado el tipo de placer que, una vez probado, no se puede olvidar.

¿Podía creerlo? Bliss intentó no pensar en todas las mujeres que debían de haber hecho el amor con él en el pasado. ¿Le decía eso sólo porque su cuerpo estaba satisfecho después del sexo? El único amante de ella aparte de Dante había sido un chico de dieciocho años del que se había encaprichado cuando ella tenía dieciséis. Era el chico más guapo del instituto y a Bliss la sorprendió comprobar que ella también le gustaba a él. Hasta había llorado cuando ella le dijo que no podía volver a verlo después de haber perdido su virginidad con él. Pero él no sabía que Bliss acababa de perder a su madre y que la única razón por la que se había entregado tan libremente era para sentir algo que no fuera la sensación horrible de estar atrapada en un bloque de hielo para siempre.

–Casi me has hecho creer que eso es cierto –sonrió. Apoyó la mano en los músculos duros del pecho de él–. Pero seguramente no volveremos a vernos, ¿verdad? Tú volverás a Italia, a tu vida ajetreada, y te olvidarás de mí.

–¿Por qué piensas eso? –Dante se sentó con un cojín a la espalda y acarició el brazo desnudo de ella, complacido al ver que su caricia hacía aparecer carne de gallina–. ¿Crees que puedo olvidar lo que hay entre nosotros como si no significara nada?

–Aunque signifique algo para ti, los dos sabemos que no llevará a ninguna parte –repuso ella con determinación y certidumbre–. Tenemos que ser realistas. Tú tienes que volver a casa y yo necesito centrarme en encontrar un trabajo mejor donde gane lo suficiente para mantener este apartamento. No esperaba que ocurriera esto, pero ahora que ha pasado...

Se apartó el pelo detrás de las orejas y se apoyó en otro cojín con un suspiro.

–Lo que intento decir es que no tienes de qué preocuparte. Yo no busco una relación y tú tampoco, así que puedo aceptar que no volveremos a vernos.

Dante se preguntó si hablaría en serio. ¿Estaba dispuesta a olvidar aquello tan fácilmente? Eso hería su orgullo además de su corazón vulnerable. Pero no estaba dispuesto a demostrar esa debilidad a la mujer que tenía al lado por mucho que la deseara. Y a ella la esperaba una sorpresa si creía que él se iba a alejar sin volver la vista atrás, como si no tuviera honor ni principios. Le había hecho el amor y eso no era algo que él se tomara a la ligera, sobre todo porque había sentido un vínculo con esa mujer que iba mucho más allá de la atracción física.

–No, querida, yo no acepto que no podamos volver a vernos por tales consideraciones. Ahora tengo que ir a Italia, pero volveré. Podemos ir a cenar... ¿y qué nos impide disfrutar a veces de la compañía del otro cuando esté aquí?

Miró el rostro de ella, que no comprendía cómo él podía ignorar la dificultad de tener una relación con alguien que vivía en otro país y tenía un estilo de vida tan diferente.

–¿De verdad quieres volver a verme? –musitó–. Porque yo no creo que sea buena...

Dante inclinó la cabeza y la besó de nuevo en los labios.

–Quiero volver a verte y lo haré. No te confundas. Pero ahora tengo que irme. Perdóname, preciosa, pero te prometo que volveremos a vernos pronto.

Se apartó y Bliss sintió un frío repentino. Lo observó recoger su ropa del extremo de la cama donde la había dejado y vestirse.

Se dijo que debería alegrarse de las palabras de

él, pero le costaba creer que fuera a verlo de nuevo. Una cosa era que él lo dijera y otra lo que hiciera en cuanto volviera a su estilo de vida en Italia. Tendría que comportarse como una mujer de mundo y dejarlo marchar sin expectativas. Aunque le doliera mucho.

–¿Bliss? –Dante la miró cuando terminó de vestirse–. Repito lo que acabo de decirte. Volveré a verte tan pronto como pueda.

La joven asintió con la cabeza. Aunque le costara creerlo, se aferraría a aquella esperanza porque su promesa tenía el efecto de hacerla sentirse protegida. Suspiró con tristeza.

–Dale un beso a Renata de mi parte cuando la veas, por favor.

Dante asintió con la cabeza.

–Desde luego.

La besó en la boca un instante, dio media vuelta y se marchó.

Capítulo 6

HACIA el final de la tarde bajó el número de clientes y Bliss aprovechó para inspeccionar sus ojos brillantes y sus mejillas sonrosadas en el espejo ovalado del mostrador. El día no había empezado bien. Se había despertado con calor, temblores y dolor de garganta, pero había optado por no hacer caso e ir a trabajar. Ahora eran casi las cinco de la tarde, tenía todavía más calor, el dolor de garganta era como si tragara agujas y ya no podía negar que tenía un buen resfriado. Rezó para que no fuera nada más, porque la semana siguiente tenía que empezar a trabajar de recepcionista en un centro te terapias alternativas cerca de donde vivía y por una vez estaba deseando cambiar de trabajo. Por lo menos trabajaría en un lugar donde ayudaban a la gente. El sitio era agradable y bien iluminado y el hilo musical emitía música relajante. Tal vez no fuera la carrera del siglo, pero por lo menos haría algo útil y el sueldo estaba bien.

Cuando se apartaba del espejo, sintió un cosquilleo agudo en los pechos. La sensación la pilló por sorpresa y se llevó una mano alarmada al estómago plano y sintió al mismo tiempo que se le contraía el vientre. Palpó detrás de sí en busca del taburete de cromo que usaban para las clientas que querían consejos de maquillaje y se sentó como mareada, con el corazón golpeándole con fuerza en el pecho. En su cerebro emergía de nuevo una idea que llevaba un tiempo intentando apartar con la esperanza de no tener que afrontarla.

Hacía casi seis semanas que había sucumbido a la tentación de Dante di Andrea y, a pesar de su promesa de que volvería a verla, no había tenido noticias suyas. Seguramente seguiría en Italia, demasiado absorto en su trabajo para acordarse de la mujer con la que había hecho el amor tan apasionadamente una mañana de primavera en Londres. Sus ojos se llenaron de lágrimas por haber sido tan tonta y no haber pensado en lo que podía ocurrir. No eran lágrimas de arrepentimiento, pero no podía aceptar fácilmente el hecho de que estuviera embarazada. Sencillamente, no podía ser.

Cerró los ojos con un gemido, se llevó una mano a la frente caliente y suspiró profundamente. No solía ser partidaria de enterrar la cabeza en la arena, pero eso era lo que había hecho. Se había convencido de que no estaba en un día de riesgo y por eso no había tomado la píldora del día después. Desde la falta del periodo había tenido señales de que podía estar embarazada, pero se había aferrado a la idea de que no lo estaba. Y por fin había llegado el momento de afrontar la verdad.

–¿Qué pasa, guapa?

Abrió los ojos y se encontró con Trudy, que la miraba con curiosidad.

–¿No te encuentras bien?

–¿Podemos ir a tomar un café después del trabajo? –le pidió Bliss, que quería compartir con ella su miedo a estar embrazada.

Sabía que se volvería loca si se guardaba aquella ansiedad para sí. Con Trudy siempre podía hablar y a menudo le daba buenos consejos.

–Te espero en la puerta dentro de media hora –dijo su amiga, que pareció darse cuenta de que se trataba de algo serio.

–O sea que, básicamente, ha llegado el momento de tomar decisiones, ¿no?

Trudy bebió un sorbo de café y miró a su amiga, sentada enfrente. Bliss no había tocado su café, ya que la idea de tomárselo le daba náuseas. Miraba la mesa de madera de la cafetería poco concurrida y daba vueltas a la galleta que tenía en las manos.

–¿Decisiones? –repitió.

–El niño, Bliss. Tendrás que decidir algo y pronto. El lunes empiezas en un trabajo nuevo. ¿Qué les vas a decir?

–Que no cunda el pánico, ¿vale? Ni siquiera sabré seguro que estoy embarazada hasta que no me haga la prueba.

Pero sus palabras carecían de convicción. Estaba embarazada y negarlo era irresponsable e infantil y ella se enorgullecía de no ser ninguna de esas cosas.

–No pienso abortar –declaró.

Sabía que criar a un hijo sola iba a ser su mayor reto hasta la fecha, pero la idea de abortar le resultaba todavía más difícil. Aquél era su niño, una vida preciosa que crecía dentro de ella, y la idea la llenaba de alegría.

–Sabía que ibas a decir eso –Trudy le tomó la mano. Comprendía su decisión–. Va a ser difícil, ¿lo sabes? ¿Y qué hay del padre? Ese Daniel di...

–Dante –Bliss se ruborizó. Tomó un sorbo de café y al instante sintió náuseas–. Disculpa, tengo que ir al baño.

Apartó la silla y salió corriendo al servicio. Trudy se quedó mirándola con preocupación.

Dante no encontró a Bliss en casa y dio varias vueltas a la manzana con el coche mientras pensaba dónde podía estar y a qué hora volvería. No quería creer que estuviera fuera o no volviera a casa esa noche. Durante el recorrido desde el hotel de Belgravia no había dejado de pensar en lo que iba a decirle después de no haber tenido comunicación durante seis largas semanas. Suponía que a ella no la convencería la excusa de que había tenido mucho trabajo negociando la compra de dos hoteles nuevos en St Tropez y en Lago Como. Ese último era un regalo que su padre y él querían hacerle a Tatiana. Antonio di Andrea deseaba que su hijita y su nieta volvieran a casa y quería convencerla así. Tatiana también había trabajado en el negocio de los hoteles antes de ir a estudiar a Inglaterra y enamorarse de Matt Ward. Ahora a Antonio le habían diagnosticado una enfermedad cardiaca y temía no vivir lo suficiente para ver crecer a Renata. Dante le había prometido ayudarlo a convencer a Tatiana para que regresara a Italia. Lago Como era un lugar hermoso y la dirección del hotel la tendría ocupada y la distraería de su terrible pérdida

Durante el día, Dante apenas había tenido un momento para pensar en Bliss Maguire y la mañana increíble en que habían hecho el amor. Pero sí había pensado en ella por la noche, en la oscuridad de su cama hecha con sábanas de seda importadas de Arabia Saudí, cuando el calor invadía su mente y su cuerpo sólo con pensar en tenerla allí al lado.

Aparcó el Mercedes azul oscuro en un lugar del aparcamiento donde resultaba bien visible y miró su reloj de pulsera de oro. Eran casi las ocho y media y Bliss seguía sin dar señales de vida. Lanzó un juramento en italiano y un instante después se enderezó al ver un taxi que se acercaba a la puerta. Bliss salió de él y Dante notó inmediatamente que se había cortado el pelo, que enmarcaba perfectamente su rostro adorable. Sonrió a algo que le dijo el taxista al cobrar y se alejó. Dante salió del coche inmediatamente.

–Llegas tarde –dijo.

Vio que se volvía sorprendida y palidecía al verlo.

–¿Qué haces aquí?

–Te dije que volvería. Está claro que no me creíste.

–¡De eso hace seis semanas! ¿Te extraña que no te creyera?

–Cuando hago una promesa, la cumplo. Habría venido antes, pero mi trabajo me lo ha impedido –su voz era grave y al parecer no le gustaba que ella dudara de su palabra.

–¿Cómo estás? ¿Cómo están Tatiana y Renata? –Bliss intentaba hablar con naturalidad, aunque no era nada fácil con él tan cerca.

–Tatiana está bien. Renata crece deprisa y da guerra a su madre.

–Me alegro mucho. Estaba preocupada por ellas.

–¿Me vas a invitar a entrar?

–¿A entrar?

Bliss tragó saliva y apretó la llave que tenía en la mano. La cabeza le daba vueltas y estaba segura de que su temperatura había subido un grado al ver a Dante. Las piernas le temblaban ante la idea de pensar en invitarlo a su casa. Sobre todo cuando recordaba lo que había ocurrido la última vez.

–Es tarde y estoy muy cansada. ¿Por qué no quedamos otro día? –sugirió esperanzada.

–No. Ahora está bien. Dame la bolsa, ya la subo yo.

–Puedo arreglármelas.

No le gustaba el tono autoritario de él, estaba demasiado sensible para soportar que le dijeran lo que tenía que hacer. Había comprado un test de embarazo, lo había hecho en casa de Trudy y había confirmado sus sospechas. Y encontrarse a Dante esperándola el mismo día que acababa de descubrir que iba a tener un hijo la había alterado aún más. Ya sólo le faltaba descubrir que no la querían en el trabajo nuevo y ésa sería la guinda del pastel.

Dante la vio hundir los hombros y palidecer. Se acercó a ella, preocupado, le quitó la bolsa y la guió en dirección a las escaleras con una mano en su espalda.

–¿Por qué estás tan cansada? ¿Qué has hecho?

Ella intentó abrir, pero él le arrebató la llave y abrió. Dejó la bolsa en el vestíbulo y cerró la puerta tras ellos. Miró a Bliss con atención.

–¿Y por qué te has cortado tu hermoso pelo?

–¡Oh, por el amor de Dios! –Bliss se pasó los dedos con exasperación por el pelo e hizo una mueca–. La cabeza me da vueltas con tantas preguntas.

Y no era mentira. Si no se sentaba pronto, se caería al suelo. Abrió una puerta, entró en la sala de estar y se dejó caer en un sofá cargado de cojines. Dante la siguió con el ceño fruncido.

–No tienes buen aspecto –vio que su piel parecía acalorada, como cuando alguien tiene fiebre–. ¿Por qué has ido a trabajar si no estabas bien?

Sabía que la bombardeaba con preguntas, pero no podía evitarlo. Lo asustaba pensar que ella no tuviera nadie más a quien acudir si estaba enferma.

–Porque tengo que ganarme la vida –Bliss no había tenido intención de gritar, pero, en cierto modo, la rabia la ayudaba a controlar un sentimiento más profundo que amenazaba con embargarla. La necesidad de que Dante la abrazara y reconfortara contra su pecho creía en su interior a una velocidad alarmante. ¿Pero en qué estaba pensando? ¿Imaginaba acaso que a él le gustaría esa demostración de debilidad femenina? Seguramente saldría corriendo si pensaba que ella lo necesitaba y mucho más si se enteraba de que esperaba un hijo suyo. Pero no se enteraría. Había ido a Londres a ver a su hermana y quizá había pensado repetir lo ocurrido entre ellos la última vez, pero ella no podía entregarse al sexo por el sexo por muy fuerte que fuera la atracción que sentía por él.

–¿Has cenado? –Dante se sentó en el sofá con un suspiro.

–No tengo hambre. ¿Cuándo has vuelto de Italia?

–Ayer. Me quedo en Belgravia.

–¿En el hotel de tu familia?

–Sí –la miró con atención–. Me parece que trabajas demasiado, Bliss. Necesitas unas vacaciones. ¿Por qué no te vienes a Italia conmigo?

La propuesta era tan inesperada que Bliss sintió una especie de mareo. Fue una sensación tan desorientadora que de inmediato le dio náuseas. Aterrorizada por la idea de vomitar delante de él, se tapó la boca con la mano y corrió al cuarto de baño.

–¿Bliss? ¿Estás bien?

Él llamó con los nudillos en la puerta cerrada del baño.

–¡Abre la puerta inmediatamente! Dime qué te pasa.

Bliss abrió la puerta unos segundos después con la cara blanca. Sus hermosos ojos violetas estaban llenos de lágrimas. Dante la miró de hito en hito.

–¿Necesitas un médico? –preguntó, intentando dominar el miedo que lo invadía.

–No, no necesito un médico. Creo que estoy resfriada, nada más.

Pasó a su lado buscando desesperadamente algo que decir que lo impulsara a irse porque tenía miedo de derrumbarse y hacer el ridículo si se quedaba mucho. No le gustaba sentirse tan débil y vulnerable. La debilidad y vulnerabilidad no tenían cabida en su vida. Había comprendido desde muy joven que la fuerza interior era vital si quería sobrevivir en el mundo... y más con su historia familiar.

–Sólo necesito descansar –le dijo cuando él la siguió de vuelta a la sala–. Es mejor que te vayas.

–No has contestado a mi propuesta de venir a Italia –repuso él con voz dura.

–¿Por qué? ¿Porque crees que me debes algo por lo que pasó entre nosotros? Pues no es así. Por lo que a mí respecta, puedes irte con la conciencia tranquila.

–Y no has cobrado el cheque que te dejé –dijo él con ojos brillantes de furia–. Te pagué por ayudar a mi hermana y tú me insultaste no aceptando ese pago. Y ahora me insultas al insinuar que te ofrezco unas vacaciones porque me siento culpable por haber hecho el amor contigo.

–No quiero discutir contigo –Bliss se sentó en el sofá–. Y te aseguro que tampoco quiero insultarte.

Dante veía que estaba muy cansada. Intentó reprimir su frustración.

–Bien, ya hablaremos de eso mañana. Ahora

creo que debes meterte en la cama. Si por la mañana no estás bien, llamaré a un médico. Me quedaré esta noche contigo –se aflojó la corbata de seda y la parte de atrás del cuello.

Bliss lo miró atónita.

–No lo dices en serio.

–¿Por qué no? –Dante frunció el ceño.

–¡No quiero que te quedes! Si lo haces por una lealtad mal entendida, yo te libero de esa ridícula obligación. Soy muy capaz de cuidarme sola y no necesito tu ayuda.

–Pues a mí me parece que sí la necesitas.

Se quitó la chaqueta, la colgó en el respaldo de una silla y se cruzó de brazos.

–Quiero que te vayas, Dante. No quiero que te quedes aquí –Bliss le suplicaba con la mirada que la entendiera. No quería que se quedara allí y fuera testigo de sus náuseas y de Dios sabía qué otras humillaciones.

–En esta ocasión, querida, me temo que no puedo tener en cuenta tus deseos. Tú ayudaste a mi hermana en un momento de necesidad y ahora me toca a mí ayudarte a ti. Tu sofá parece muy cómodo. Pasaré la noche aquí.

Bliss palideció una vez más. Se levantó de un salto y corrió de nuevo al cuarto de baño, más asustada y desgraciada que nunca desde la muerte de su madre.

Capítulo 7

BLISS levantó la cortina color verde pastel para ver el amanecer morado, suspiró pesadamente y volvió a la cama. Por el estado del edredón y los cojines, parecía que se hubiera peleado con ellos, lo que probaba que no había pegado ojo. Ahora se sentía agotada, nerviosa y mareada. Era imposible que pudiera ir a trabajar ese día. Se sentó en el borde de la cama e intentó controlar la necesidad de correr de nuevo al cuarto de baño.

Dante buscó en los armarios de la cocina y sacó café, una cafetera pequeña y dos tazas. Mientras esperaba que hirviera el agua, extendió los brazos y movió la cabeza de un lado a otro para aliviar las punzadas del cuello. No había descansado mucho en el sofá y sentía el cuerpo como si hubiera estado encerrado en una jaula de hámster, pero no se quejaba porque al menos tenía la satisfacción de estar cerca de Bliss.

Se había asomado un par de veces a ver cómo estaba y había visto que estaba destapada, pero no se había atrevido a taparla porque era evidente que tenía fiebre. Su piel lucía el brillo rosa azulado de los que tienen mucha temperatura, por lo que él la dejó estar y confió en que la fiebre hubiera desaparecido por la mañana. De no ser así, llamaría a una doctora amiga de la familia que tenía la consulta en Harley Street. Había sido doctora de familia antes de especializarse en ginecología y Dante sabía que no se negaría a verla.

En su opinión, lo que más necesitaba Bliss eran unas vacaciones y ese día tenía intención de convencerla para que fuera a Italia con él. Si le decía que no podía ir por el trabajo, le prometería buscarle otro mejor a la vuelta. Jugó un momento con la idea de buscarle uno en Italia, donde podría verla más.

–Veo que has encontrado el café.

Bliss estaba en el umbral, con el pelo revuelto y el cuerpo cubierto por una bata delgada rosa que apenas le llegaba a las rodillas. Dante miró un momento sus piernas perfectas.

–Has descubierto mi vicio secreto. Sin café por las mañanas no soy nadie. ¿Quieres una taza?

Bliss respiró hondo. El olor bastaba para darle náuseas.

–No, gracias. Esta mañana no quiero nada.

–¿Todavía no te encuentras bien?

La garganta le dolía menos y la fiebre había bajado, pero no se sentía de maravilla precisamente. De hecho, si no iba pronto al baño, él no tardaría en darse cuenta de que no se encontraba nada bien.

–¡Bliss!

Esa vez Dante fue más rápido y llegó a la puerta

del baño al mismo tiempo que ella. Le sujetó la barbilla y le examinó el rostro.

–¡Suéltame, Dante, por favor!

Lo miró aterrorizada y él se quedó tan sorprendido que la soltó enseguida... y ella le cerró la puerta en la cara.

–¡Bliss! Tienes que decirme lo que pasa. ¿Me ocultas algo? ¿Estás muy enferma? ¡Bliss! ¡Exijo que me digas la verdad!

Oyó un murmullo ininteligible al otro lado de la puerta seguido de vómitos. Golpeó la puerta con furia.

–Si no abres inmediatamente, echo la puerta abajo. ¿Me oyes?

Oyó un sollozo y después el ruido de la cadena. Maldijo en italiano y golpeó de nuevo la puerta.

–¡Abre inmediatamente!

Bliss abrió y lo miró con la piel cenicienta, los ojos demasiado grandes para su cara y los labios casi del mismo color que la piel.

–Estoy bien –dijo con voz ronca.

Dante la miró con furia.

–Supongo que me tomas por tonto –repuso con frialdad, intentando reprimir el miedo.

Bliss trató de tragar saliva para aliviar el dolor de garganta y lo consiguió a duras penas.

–Deja que me lave la cara y te veo en la cocina –sugirió, con el corazón oprimido por el miedo que mostraban los ojos de él. Sin duda creía que padecía alguna enfermedad terrible y quizá lo mejor sería tranquilizarlo.

Dante le puso una mano en el hombro y la empujó con suavidad al interior del baño. Llenó sin decir nada el lavabo con agua tibia, tomó una toallita, sentó a Bliss en la taza del váter y procedió a lavarle la cara con mucho cuidado.

La joven retorcía las manos en el regazo y se sentía como una niña pequeña. Sentía también un fuerte impulso de llorar, pero no quería ceder a él.

–Gracias.

–¿Quieres lavarte los dientes?

Ella asintió y él vació el agua del lavabo, tomó un cepillo de dientes del vaso cercano, echó pasta y se lo puso en la mano. Bliss decidió que no debía de ser muy glamuroso lavarse los dientes delante de un hombre después de haber estado vomitando; seguramente parecía el ángel de la muerte... y su primer vistazo al espejo así se lo confirmó.

–¿Mejor ahora?

Bliss confiaba en que se marchara pronto para no tener que humillarse más ante él. Tendría que mostrarse convincente con su historia del parásito intestinal y convencerlo de que no se estaba muriendo de algo horrible. Él parecía ya muy receloso.

–Mucho mejor, gracias. Creo que iré a vestirme.

–Un momento.

–¿Cómo dices?

Dante miraba la papelera verde colocada al otro lado del lavabo. Cuando Bliss achicó los ojos y miró en su dirección, el estómago le dio un giro de trescientos sesenta grados. Por la papelera, encima de un pañuelo de papel, asomaba el palito del test de embarazo con el resultado bien visible. Bliss lo había llevado consigo desde casa de Trudy para echarle un segundo y un tercer vistazo hasta terminar por convencerse. La noche anterior creía haberse librado de él al usar el baño. ¿Pero cómo iba a saber ella que Dante pensaba quedarse toda la noche? Estaba convencida de que se cansaría del sofá y volvería a su suite lujosa en Belgravia. ¿Cómo podía ser tan estúpida?

Dante pensó con furia que ella lo tomaba por tonto. Tenía treinta y tres años, era un hombre cosmopolita. ¿Creía Bliss que no sabía reconocer un test de embarazo si lo tenía delante? Al fin cobraban sentido las náuseas y la palidez de la cara y los labios. No estaba enferma, estaba embarazada. Y seguramente el niño era suyo.

–¿Estás embarazada? –preguntó.

A Bliss le latió con fuerza el corazón.

–Pensaba decírtelo.

–No te creo –repuso él con frialdad–. ¿Por qué no me lo dijiste ayer cuando llegué? ¿Por qué querías ocultármelo? ¿Pensabas abortar?

Dante temblaba de furia con sólo pensarlo. No se preguntaba por qué sentía tanta rabia y se sentía tan posesivo con aquel niño, sólo sabía que aquel niño era suyo y él se ocuparía de que no le faltara de nada.

Bliss lo miró enfadada.

–Claro que no. ¿Cómo puedes pensar eso si no sabes nada de mí?

Dante apretó los labios.

–¿Pero sí pensabas ocultármelo? Me habrías dejado irme de aquí sin decirme que esperas un hijo mío. Porque es mío, ¿verdad? No me creo que hubieras podido estar con otro hombre tan pronto después de haber hecho el amor conmigo.

En eso tenía razón. Y Bliss se alegraba de que al menos no la acusara de acostarse con otros.

–Me enteré ayer. Creía que estaba resfriada y tenía un virus, no imaginaba que pudiera estar... embarazada.

Ahora se avergonzaba de haberle mentido. Pero todo había ocurrido tan deprisa... de un modo tan inesperado... Ninguno había tenido tiempo de pensar en las consecuencias de lo que habían hecho.

–Y ahora tenemos que hablar de lo que vamos a hacer, ¿no? –musitó él.

Lo dijo de tal modo que Bliss adivinó que ya había tomado una decisión sobre lo que iban a hacer. Sintió una oleada de indignación.

–Me quedaré con el niño –dijo con firmeza. Levantó la barbilla–. Por supuesto, puedes tener derechos de visita. Siempre que me digas cuándo vas a venir, yo no pondré dificultades.

–¡No!

A Dante le daba vueltas la cabeza al pensar que Bliss pudiera quedarse el niño y dejarlo a él a un lado. Igual que lo habían dejado a un lado de pequeño y hecho sentir diferente, como si no fuera digno del amor que recibían los otros. ¿Y cómo se las arreglaría ella como madre soltera? Miró el baño limpio pero pequeño y todas las señales que indicaban que no le sobraba el dinero y decidió que él no quería que viviera con estrecheces.

–¿No?

Bliss empezó a temblar al ver la rabia que expresaban los ojos de él.

Dante enderezó los hombros.

–A mí no me hables de derechos de visita, Bliss, o te encontrarás en un tribunal enfrentándote a los mejores abogados que se puedan contratar con dinero. No consentiré que me digan que necesito permiso para visitar a mi carne y mi sangre. Tengo intención de ser un padre como es debido para el niño y también de que tú seas una madre como es debido. Para lograrlo, te casarás conmigo y vivirás conmigo en Italia. No pienso considerar ninguna otra opción, ¿entendido?

Bliss abrió mucho la boca. No podía creer lo que oía. ¿Quería casarse con ella porque se había enterado de que estaba embarazada?

Se levantó de un salto con expresión agitada. No podía casarse con ella. ¿Lo hacía por un sentido del deber o, peor aún, de culpabilidad? El matrimonio en esos términos sólo podía acabar en desastre.

–Espera un momento. Yo no quiero casarme. Ya te dije lo que opinaba del matrimonio. Tú no puedes obligarme, Dante. Soy una mujer libre y puedo tomar mis propias decisiones sobre lo que quiero y no quiero hacer con mi vida.

–Piensa en lo que estás rechazando, Bliss –Dante

la miró a los ojos y pensó que tenía que convencerla de que su intención de casarse con ella era inamovible. No renunciaría fácilmente a la idea de ser un buen padre para su hijo–. ¿No crees que te sería difícil criar sola al niño? Soy un hombre muy rico y estoy dispuesto a aceptar mi responsabilidad. En mi opinión, sería una tontería por tu parte rechazar la oportunidad de que nuestro hijo tenga una educación como es debido con ambos padres comprometidos con su bienestar. Tengo razón, ¿no?

La vio cruzarse de brazos y mirarlo en silencio y decidió presionar aún más.

–Tienes que olvidar que no quieres casarte y pensar sólo en lo mejor para el niño. No te preocupes, vivirás bien. Tengo una casa lujosa en Roma y un piso magnífico en Milán. Nunca más tendrás que trabajar en algo que no te guste. ¿Eso no vale el sacrificio de casarte conmigo?

¿Dónde acabaría todo aquello? Ahora creía que ella pensaba que casarse con él sería un sacrificio. No tenía ni idea de la intensidad de sus sentimientos por él, no sabía que, si no se hubiera quedado embarazada, le hubiera encantado que la cortejara. Su corazón habría saltado de alegría sólo con pensar que él quisiera ser su novio. Pero ahora ya no había posibilidades de un cortejo romántico. Ahora Dante sólo quería casarse con ella para cumplir con su deber. No había dicho que sintiera algo por ella. Aquello sólo podía acabar en desastre.

–¿Por qué has vuelto? –preguntó con rabia.

Se sentía demasiado vulnerable y ése no era

momento de debilidades, sino de actuar con fuerza. Pero con los ojos fríos de él clavados en ella, sólo quería escapar lo antes posible. Necesitaba tiempo a solas para calmarse y pensar racionalmente en la situación porque con Dante en la misma habitación le resultaba imposible pensar.

Para su sorpresa, él sonrió con picardía.

–Porque me apetecía mucho hacer el amor contigo, Bliss. Cuando un hombre establece un contacto así de profundo con una mujer... siempre quiere volver.

–¿Has vuelto porque te gustó el sexo?

Bliss se mordió el labio inferior y no pudo reprimir una oleada de deseo. La mirada penetrante y cálida de él recorrió su cuerpo como si la desnudara. Dante se encogió de hombros, como si la respuesta fuera evidente.

–No te hagas la ofendida, querida. Eres una mujer hermosa y sensual, con mucha pasión. Por lo menos esa parte de nuestro matrimonio irá de maravilla, ¿no?

Bliss apartó la vista avergonzada. Se sentía consumida por las dudas y las ganas de casarse con Dante y compartir su lecho. Pero en cuanto se permitió tomar en consideración aquella idea, se dio cuenta de lo que estaba pensando. ¡Ella no quería casarse! Eso lo había sabido siempre. Ninguno de los matrimonios que había conocido la había convencido de lo contrario. Sólo tenía que recordar la unión desastrosa de sus padres. Dante tenía buenas intenciones, sí, pero su proposición no nacía del amor, sólo le proponía matrimonio porque lo consideraba su deber, porque iba a ser padre. ¿Cuántos matrimonios habían empezado así y fracasado al primer contratiempo?

–Ya te dije que no quiero casarme... ni ahora ni nunca. Los dos podemos ser padres responsables sin estar casados. Mucha gente...

Dante, exasperado, perdió al fin los estribos.

–¡Me importa un bledo lo que hagan otras personas! Sólo me importa lo que debo hacer yo, Dante di Andrea. He engendrado un hijo contigo y aceptaré toda la responsabilidad. ¿Me crees capaz de volver a Italia con mi familia y decirles que he abandonado a la madre de mi hijo en Inglaterra? Tengo buena reputación entre mi familia y mis semejantes. ¿Imaginas que la voy a poner en peligro porque tú seas una irresponsable?

–¡Yo no soy una irresponsable! ¡Por lo que más quieras, Dante, piensa en lo que estás proponiendo! ¿Apenas nos conocemos y tú esperas que me case contigo y me traslade a Italia sin pensarlo dos veces?

–Viviendo juntos aprenderemos a conocernos. Yo me tomaré tiempo libre para pasarlo contigo. No te faltará de nada, te lo prometo.

–Yo tengo una vida aquí, Dante. El lunes empiezo en un trabajo nuevo.

–¿Qué clase de vida tienes aquí? –replicó él con intensidad–. No tienes familia que te apoye. Eso es trágico, pero yo estoy dispuesto a remediarlo. Te ofrezco casarme contigo y darte un estilo de vida en Italia mucho mejor que el que tienes aquí. Si tu madre viviera y supieras dónde ponerte en contacto con tu padre, ¿crees que se alegrarían de que su hija tuviera un hijo ilegítimo y tuviera que depender de la beneficencia del estado para ofrecerle un techo?

Bliss sabía que estaba furioso, pero no quería permitir que su furia la empujara a una decisión que luego no la complaciera.

–Mis padres estaban demasiado inmersos en sus problemas para preocuparse por mí, así que supongo que no les importaría mucho si me quedo aquí o me voy a Pekín –cuanto más hablaba, más se alteraba. Se apartó el pelo de la cara con dedos temblorosos y respiró hondo para intentar controlarse.

Dante vio el dolor en la expresión de ella y suspiró. Movió la cabeza e intentó reprimir su furia. Sólo quería hacerle ver que le prometía sinceramente ser el mejor padre y esposo que pudiera. No era posible que prefiriera vivir allí casi en la pobreza antes que llevar una vida de lujo con él en Italia. Los dos partían ya de una atracción física intensa. Quizá él no pudiera comprometer plenamente su corazón con aquella mujer, pero en todos los demás sentidos no le faltaría de nada.

–Lo siento.

–No lo sientas –Bliss se encogió de hombros. No quería su lástima y tampoco quería su ayuda si tenía que ser al precio de su independencia–. Esas cosas ocurren muy a menudo, no soy la única que no ha tenido una infancia perfecta.

–Puede que no... –Dante le sostuvo la mirada, aprisionándola casi a base de fuerza de voluntad–. Pero nuestro hijito no tendrá el mismo problema. Él, o ella, tendrá un padre y una madre que siempre lo colocarán por delante... siempre.

–No dudo de tu sinceridad, Dante, pero...

–Nada de peros –un guerrero al cargo de un campo de batalla no habría parecido tan feroz como se mostraba él–. A partir de ahora, yo me ocuparé de todo. Ya no tienes que seguir sola ni tienes que ir a trabajar el lunes. Llámalos y diles que has cambiado de idea.

Bliss lo miró con incredulidad y él le lanzó una mirada que claramente quería decir: «Y si no lo haces tú, lo haré yo».

Capítulo 8

CUANDO Dante terminó de hablar por teléfono, encontró a Bliss en su dormitorio, doblando ropa sobre la cama con los hombros hundidos y de espaldas a él. Su reacción instintiva fue consolarla, pero pensó que ella no se lo agradecería en ese momento y reprimió el impulso.

Lo sorprendía lo apasionado que se sentía ante la idea de casarse con ella. Sobre todo porque durante mucho tiempo había deseado encontrar a la mujer ideal. En su vida había habido muchas mujeres y era el primero en admitir que a veces daba por sentado que siempre estarían allí cuando quisiera; pero nunca había habido otra que le hubiera hecho sentir que quisiera tener una exclusividad con ella o con la que pudiera imaginarse pasando el resto de su vida. Y sin embargo, su necesidad de proteger a Bliss Maguire no había dejado de crecer desde que había descubierto que estaba embarazada.

–Entonces está decidido. Esta tarde te vienes conmigo al hotel de la familia en Belgravia. Trae sólo algo de ropa, en el hotel pueden proporcionarte todo lo demás que necesites.

–¿Cómo dices?

Bliss lo miró con expresión de incredulidad y rebeldía.

–Perdóname si te he dado la impresión de que no tengo voluntad propia. Déjame recordarte que tú no estás al cargo de mi vida. No pienso ir contigo a Belgravia ni a Italia ni a ningún lugar que tú ordenes. Soy una mujer independiente y quiero quedarme en mi casa, por muy terrible que eso te parezca –la tensión le hacía sentir la espalda como una plancha de hierro y le dificultaba la respiración–. Puede que mi apartamento no sea tan lujoso como el piso de Tatiana en Chelsea, pero es mi hogar y me gusta. Nosotros no hemos acordado todavía nada y no lo acordaremos mientras sigas usando ese tono dictatorial conmigo.

Dante se encogió de hombros con arrogancia, pero dispuesto a no disculparse por ello. Y menos cuando sabía que hacía lo correcto.

–No comprendo por qué te ofendes. Yo sólo quiero cuidar de ti y de nuestro hijo. Estarás mucho más cómoda en el hotel que aquí. No pretendo denigrar tu casa, pero sé sincera y reconoce que esto no es un lugar apropiado para una joven que está embarazada. Y yo estaría descuidando mi deber de futuro esposo y padre si no hiciera algo al respecto.

–Para tu información, en esta zona viven muchas mujeres solteras embarazadas.

–Puede ser –Dante hizo una pausa, como para añadir peso a sus palabras–. Pero tú no estarás mucho tiempo soltera. Es mi intención que nuestro matrimonio se celebre lo antes posible. Es lo que querrán mis padres y es lo que quiero yo.

–No me digas –Bliss cruzó los brazos con furia en el pecho y lo miró de hito en hito–. ¿Sabes lo arrogante que suena eso? ¿Y qué pasa con lo que yo quiero, Dante? Soy yo la que espera el niño. Está creciendo dentro de mí, no de ti ni de tus padres.

–¡Basta! –Dante levantó una mano–. Estás dejando que tus emociones te impidan ver qué es lo que te conviene. Esa insistencia en la independencia es ridícula dadas las circunstancias. Tú no tienes familia que te apoye, así que, de ahora en adelante, yo me responsabilizo de tu bienestar. Sugiero que te tomes la molestia de pensar las cosas con más lógica y también que descanses un poco. Tengo un asunto que atender en el hotel y después vendré a recogerte.

Bliss reprimió las ganas de replicarle y se preguntó si aquel hombre habría pensado alguna vez que quizá no todo el mundo pensaba que su palabra fuera ley. La necesidad que sentía de estar en control de su destino se rebelaba con fuerza ante el empeño de él de decirle lo que era mejor para ella. Y sin embargo, al mismo tiempo, no podía negarse que la atraía la idea de estar casada con un hombre tan atractivo, sexy y honorable.

En aquel momento se hallaba tan cansada física y mentalmente que no podía confiar en tomar la decisión correcta sobre su futuro y el de su hijo. Necesitaba tiempo a solas para intentar pensar con claridad.

–Vale. Haré lo que sugieres por el momento –se sentó en la cama sin importarle si lo hacía encima de la ropa recién lavada que acababa de doblar y convencida de que podía quedarse dormida allí mismo–. Pero no cuentes con que vuelva contigo. Puede que pienses que lo estoy deseando, pero yo tengo muchas cosas aquí. Mi independencia, por ejemplo.

Para su sorpresa, él le lanzó una sonrisa seductora y Bliss se sintió menos cansada de repente. Era como si hubiera recibido una inyección de adrenalina en el corazón.

–No tengo dudas de que tomarás la decisión correcta. Tú no querrás privar a nuestro hijito del derecho a un padre y de una posición desahogada en la vida.

Aquello era cierto, pero a Bliss la aterrorizaba lo que podía implicar el matrimonio con Dante. No era sólo por su falta de independencia o su creencia cínica de que los matrimonios nunca salían bien, sino también por la posible falta de control sobre su vida. Ya había notado que Dante era un poco anticuado en su actitud hacia las mujeres. En su esfera, donde abundaba la riqueza, los hombres eran los que estaban al cargo. ¿Esperaba que ella fuera una especie de apéndice en su vida o tomaría en consideración sus necesidades y deseos? Bliss no lo sabía y eso la ponía nerviosa. Pero, a pesar de sus dudas, su invitación de que se trasladara con él al hotel de la familia y más tarde a Italia resultaba casi demasiado seductora.

Era un hecho que iba a tener un hijo y tenía que

pensar en su futuro además del de ella. ¿De verdad quería que su hijo tuviera un comienzo pobre con una madre que no tenía una buena profesión para mantenerlos a los dos ni un trabajo que le permitiera pagar una niñera cuando terminara el permiso de maternidad? El corazón le dio un vuelco. Había visto a las madres solteras que vivían en su bloque con rostros arrugados por la preocupación, envejecidas antes de tiempo. ¿Era eso lo que quería para sí? La propuesta de Dante merecía ser considerada y no rechazada simplemente porque había jurado que no se casaría nunca. Tampoco había pensado tener hijos y el destino había decidido otra cosa.

Se humedeció el labio superior con la lengua y miró a Dante.

–Te comunicaré mi decisión cuando vuelvas. Prometo que la pensaré bien. Y ahora, si no te importa, necesito tumbarme.

Esperaba que él saliera, pero Dante no se movió del sitio. Su libido se había disparado al ver el pequeño gesto que había hecho ella con la lengua y no le apetecía hacer nada que no fuera meterse con ella en la cama.

–De acuerdo. Volveré pronto.

Se obligó a dar media vuelta y salir por la puerta antes de que perdiera por completo la voluntad de marcharse.

Ordenó que colocaran flores en todas las habitaciones. Ramos enormes de capullos perfumaban el aire cuando Dante cruzó la moqueta gruesa revisando todos los detalles con ojos de halcón. El director del hotel, Guido Vaccaro, un joven licenciado de Milán que había trabajado para él en el hotel de Cerdeña, caminaba a su lado y tomaba notas en una libreta. En lo referente a estilo y grandeza anticuada, Guido tenía un gusto impecable y Dante quería que tanto el hotel como la suite suntuosa impresionaran a Bliss lo suficiente para que decidiera quedarse. El hecho de ir a ser padre se había convertido de pronto en lo más importante del mundo y quería que la madre de su hijo no tuviera dudas de su deseo de ser un padre ideal.

También quería rodear a la hermosa y sensible Bliss Maguire de la belleza que se merecía... en un lugar que haría justicia a su belleza y sensibilidad. Cuando pensaba en ella embarazada, sola y luchando por llegar a fin de mes, se deprimía inmediatamente. Él no quería que pasara por aquella abominación.

Recordó el comentario de Bliss sobre mujeres ricas y mimadas con baños llenos de perfume y le dijo a Guido que enviara a Nathalie, su secretaria, a Oxford Street a comprar por lo menos media docena de fragancias y las dejara en el baño de mármol que Bliss compartiría con él. Incluyó un par de perfumes clásicos que le gustaba que llevaran las mujeres y pidió que añadieran otros más modernos para que hubiera donde elegir.

Cuando consideró que la suite estaba impecable, entró en su despacho privado a llamar a sus padres y a su hermana. Después pediría una cena especial para dos, cena que disfrutarían a solas en la intimidad de la suite.

El grito de Tatiana al otro lado del teléfono casi le perforó el tímpano.

–¿Te vas a casar con Bliss Maguire, la chica que vino a cuidar de Renata? ¡Oh, Dante, es maravillosa! Por fin has encontrado a una mujer a la que puedas amar con todo tu corazón. Me alegro mucho por ti.

El comentario de su hermana le hizo fruncir el ceño. Él no amaba a Bliss con todo su corazón. No sabía si era capaz de amar a alguien con todo su corazón, excepto quizá a los miembros de su familia inmediata e, incluso entonces, sospechaba que no les daba todo su corazón. Esa posibilidad le resultaba demasiado peligrosa. Pero sabía que quería a Bliss. De hecho, lo sorprendía lo mucho que había llegado a quererla en un espacio de tiempo tan corto. Y ahora que iba a tener un hijo con ella... Dejó que esa idea le calentara los huesos y los lugares fríos de su cuerpo que a menudo estaban privados de luz del sol interior. Con el tiempo la querría aún más.

–Mamá y papá me han dicho lo mismo.

Dante se permitió una sonrisa de satisfacción y miró el jarrón de rosas que había colocado Nathalie en la mesa. Había elegido personalmente todas las flores de la suite y confiaba en que a Bliss le gustaran tanto como a él.

–No sabía que os entusiasmaría tanto la idea de que me caso.

Hubo una pausa al otro lado.

–No puedo creer que no sepas lo mucho que significa tu felicidad para todos nosotros, hermano. Me entristece pensar que no te valoras tanto como nosotros.

El comentario astuto de su hermana alcanzó de pleno el punto débil de Dante. Apretó la mandíbula y apartó con determinación la ola de melancolía que lo invadió de pronto. No mostraría a nadie su debilidad secreta... ni siquiera a su hermana. Después de su padre, él era el cabeza de familia y nadie tenía que saber que no merecía esa responsabilidad. Su sangre mezclada, además del rechazo de sus abuelos, lo había hecho sufrir toda su vida. Ni siquiera Antonio sabía hasta qué punto había afectado eso a su hijo mayor. Y si de Dante dependía, no lo sabría nunca.

–Hay algo más que debes saber, querida. Voy a ser padre.

–¿Bliss está embarazada? ¿Cuándo? ¿Cómo? Pero eso significa que debisteis de estar juntos en la época en la que vino a ayudarme con Renny. Oh, Dante... ¿y si es un error? ¿Estás seguro de que quieres casarte con esa chica?

Alarmado por la preocupación que mostraba la voz de su hermana, Dante no perdió ni un segundo en calmar su miedo.

–Sí, Tatiana. Quiero casarme con Bliss. Y no es ningún error, te lo prometo.

–Me siento aliviada... y entusiasmada. Tanta

tristeza y ahora ocurre algo así. Mamá y yo nos encargaremos de que esté hermosísima el día de su boda. ¿Cuándo va a ser?

Dante había hecho ya averiguaciones sobre matrimonios civiles en Inglaterra y lo antes que podía ser era en quince días. Sólo le faltaba convencer a Bliss de que le diera los documentos necesarios para arreglar los papeles. Confiaba en que ella no se pusiera difícil con el tema. Él sólo quería tener la oportunidad de tener una familia y asumir su responsabilidad con aquel niño. Era imposible que ella no quisiera lo mismo.

–Hablaré contigo en cuanto hayamos organizado los detalles. Hay otras cosas que quiero comentar también contigo... tu futuro, por ejemplo.

–Mamá me ha dicho que has hablado con papá. Sé que queréis que Renata y yo volvamos a Italia, ¿verdad?

–¿Tú no te opones a la idea?

–No –Tatiana suspiró–. Desde que perdí a Matt, quiero estar cerca de mi familia. Así que, después de que me cuentes los detalles de lo tuyo con Bliss, podemos hablar de mi vuelta a casa.

Dante se sintió aliviado de haber logrado al menos una de las tareas difíciles que tenía entre manos. Ahora ya sólo le quedaba convencer a Bliss de que lo mejor que podía hacer era convertirse en su esposa.

Bliss miró la maleta abierta sobre la cama opulenta situada en el centro del lujoso dormitorio.

¿Aquello estaba ocurriendo de verdad? El día anterior trabajaba de dependienta en la sección de cosméticos de una tienda grande y vivía en un apartamento pequeño de alquiler en un bloque propiedad del Ayuntamiento. Y ahora... ahora estaba en un hermoso hotel de Belgravia y se iba a convertir en la esposa de un rico empresario italiano. No sólo en su esposa sino también en la madre de su hijo. Un cambio tan dramático en sus circunstancias tenía que hacerle creer por fuerza que había llegado al País de las Maravillas.

Movió la cabeza y su mirada chocó con la cómoda situada enfrente de la cama. Abrió la boca con desmayo. Las sombras debajo de los ojos eran tan oscuras que parecía que acabara de ver la luz del sol después de cuarenta años en una cárcel sin ventanas. Examinó el resto de su rostro con aire crítico y llegó a la conclusión de que su pelo moreno había perdido lustre desde que se enterara de su embarazo. No sabía si sería por las hormonas o la ansiedad, pero sabía que no se sentía en su mejor momento y en parte era por eso por lo que había cedido tan fácilmente a la exigencia de Dante de que se instalara allí con él.

Cuando volvió a buscarla y le contó de nuevo todas las razones por las que debía convertirse en su esposa, siendo la principal darle el mejor futuro posible al niño, Bliss llegó por fin a la conclusión de que era inútil luchar contra algo a lo que resultaba tan difícil resistirse. Ella también quería lo mejor para su hijo, ¿y cómo resistirse a probar el lujo y disfrutar del placer de compartir las responsabilidades con otra persona? Toda su vida se había visto ensombrecida por el peso de la responsabilidad y a veces pensaba que debía de ser por eso por lo que se sentía a menudo mentalmente agotada. Demasiado como para hacerse con una carrera que mejorara sus expectativas.

Y además, parecía que Dante deseaba de verdad hacer aquello. Quería responsabilizarse del niño y quería que ella fuera su esposa. Era cierto que no estaban enamorados, pero tampoco se odiaban precisamente. A pesar de su estado, Bliss sólo tenía que mirarlo para sentirse acalorada. Era tan sensible a su presencia que las piernas le temblaban cuando aparecía él, lo cual le impedía pensar en otra cosa que no fuera su deseo carnal por aquel hombre.

Oyó que se abría la puerta a sus espaldas y se sobresaltó.

–No tienes por qué deshacer ahora la maleta si estás cansada. Déjala y pediré a una doncella que suba a hacerlo.

Dante se había quitado la chaqueta y arremangado la camisa blanca, que dejaba al descubierto sus brazos bronceados. Cuando entró en la habitación, todas las moléculas del aire parecieron reaccionar como si hubieran recibido una inmensa carga eléctrica, pero aunque su rostro anguloso era inexpresivo y sus ojos verdes tan intensos como siempre, Bliss no pudo evitar notar que los alrededores de la boca mostraban signos de tensión.

Como si no estuviera tan seguro de sí como quería dar a entender.

–No hace falta, me gusta hacerlo a mí.

Bliss se tocó el pelo con nerviosismo y se preguntó si él esperaba que durmieran juntos en aquella cama opulenta. El corazón le dio un vuelco.

–¿Tienes todo lo que necesitas?

La joven asintió con la cabeza.

–¿Quieres tumbarte un rato antes de la cena? He pedido que la suban a la suite. Podremos hablar sin que nos molesten y tú no tendrás que preocuparte de que te mire nadie en el comedor. Puedes relajarte.

Bliss pensó que él había notado también lo decaído de su aspecto y se sintió deprimida. ¿Por eso había llenado el baño de perfumes exóticos y caros? ¿Para recordarle que ahora que estaba con él tenía que convertirse en una de esas mujeres ricas y mimadas a las que ella solía despreciar, sin nada mejor que hacer en todo el día que pasar horas interminables embelleciendo su aspecto para un hombre? Aquella idea la puso furiosa.

–Quieres decir que así no tendré que avergonzarte con mi aspecto, ¿verdad? Y por cierto, he comprendido tu indirecta con el perfume. Para tu información, me da náuseas. Ya es bastante malo que tenga que estar rodeada de ellos todo el día en el trabajo para que además esperes que me bañe en ellos para resultar más atractiva. Y ya que estamos con el tema, no necesito incentivos para tomar una decisión sobre el futuro. Tu riqueza y tu capacidad para comprarme cosas no me impresionan.

Se sentía dolida y sensible, por lo que maldijo las hormonas del embarazo, sacó un suéter de la maleta y lo sostuvo contra el pecho. Era cierto que podía haberse esmerado un poco más con su aspecto. Unos vaqueros y una camiseta rosa estaban bien para relajarse en casa, pero ése era el hotel de la familia de Dante y, a juzgar por la suntuosa decoración italiana, tenían un código de ropa muy estricto. Bliss sabía que no había imaginado la mirada sorprendida de la recepcionista cuando ésta la había visto entrar con Dante a su lado.

–¿Crees que me avergüenzo de ti y al mismo tiempo intento comprarte con regalos? –Dante hizo una mueca y se acercó a ella. Le quitó el suéter y lo tiró sin ceremonia sobre la cama. Le levantó la barbilla para que no tuviera más remedio que mirarlo a los ojos–. ¿Por qué dices algo tan ofensivo? ¿Cómo puedes pensarlo siquiera? Tú eres la madre de mi hijo. El perfume ha sido un error, pero yo no pretendía ofenderte ni tampoco impresionarte con mi riqueza ni obligarte a hacer nada que no quieras. Esa idea no se me ha pasado por la cabeza y me resulta insultante. Es una suerte que estés embarazada, porque si no fuera así, no me resultaría tan fácil controlar mi genio.

Dante vio que lo miraba asustada y la soltó con un suspiro de frustración. No quería atemorizarla, sólo quería que viera que él pensaba en su bienestar y el del niño. Ésa era su motivación principal para llevarla allí. Cualquier otra mujer habría apreciado todas esas atenciones. El hecho de que a ella no la impresionaran ni su riqueza ni su posición le recordó que estaba a años luz de las cazadotes a las que solía atraer habitualmente y eso hizo que le desapareciera el enfado.

–También eres joven y muy hermosa, querida –dijo con voz más suave–. ¿Debería avergonzarme de eso?

Bliss apartó la vista de sus ojos y miró el hoyuelo que tenía en la barbilla. El problema era que Dante era muy atractivo y ella sabía que, por muchas veces que la llamara hermosa, nunca estaría al mismo nivel. Pero él la miraba ahora con intensidad y ella olvidó sus preocupaciones bajo el calor de sus ojos.

–Quizá tendría que haber cuidado más mi aspecto, pero no estoy acostumbrada a moverme en los mismos círculos sociales que tú –admitió, ya sin rastros de furia.

Dante sonrió. Le acarició la mejilla.

–Me gusta cómo vistes, querida. Es un estilo joven y sexy, igual que tú. Además... –bajó la voz y la miró con tanta pasión que Bliss tuvo la sensación de estar en la cubierta de un barco en plena tormenta–, si quieres saber la verdad, me interesa más tu aspecto sin ropa que con ropa.

–Pero Dante...

–Calla –él le pasó un dedo por los labios, llevó la otra mano al pecho de ella y le acarició el pezón. Bliss sintió un reacción inmediata y violenta en el vientre y se mordió el labio inferior.

–Por favor, no hagas eso.

Dante vio temblar sus labios y oscurecerse sus ojos hasta adquirir el tono violeta más profundo y seductor que había visto nunca y supo que era una petición imposible. Estaba tan excitado que le dolía físicamente intentar reprimir el deseo. Pero entonces recordó el niño que crecía en su vientre y comprendió que ella seguramente necesitaba descanso más que atenciones sexuales y decidió que, por esa noche, no insistiría y la dejaría descansar lo más posible.

Pero al día siguiente... al día siguiente la convencería de que hacer el amor sería muy bueno para los dos. No sólo bueno, sino necesario. Y después de ver la excitación en la mirada de ella al tocarla, no dudaba ni por un momento de que podría convencerla.

Capítulo 9

DANTE esperaba que Bliss saliera del baño para contarle sus planes para ese día. La había oído vomitar hacía una hora y desde entonces paseaba por el pequeño pasillo fuera del cuarto de baño con los músculos del estómago apretados por la tensión. Estaba más nervioso que en ninguna negociación de trabajo en las que había participado porque al menos en esos casos podía predecir el resultado. El fracaso era anatema para él y siempre salía triunfador. Pero Bliss estaba embarazada y él no podía influir en el efecto que eso tenía en su cuerpo.

Deseó, no por primera vez esa mañana, que su madre estuviera cerca, porque estaba seguro de que sería un ángel para Bliss en ese estado. Le dolía que la joven no tuviera una madre a la que llamar y eso hacía que estuviera aún más decidido a facilitarle al máximo el futuro. Y por eso lo primero que harían sería ver a Sandrine Lantain en Harley Street y que examinara bien a Bliss.

–Estás muy elegante. ¿Vamos a salir?

Dante no estaba más elegante que de costumbre, con un traje esplendoroso que realzaba su físico, ya espectacular de por sí, pero Bliss tenía la impresión de que cada vez que lo miraba le costaba más trabajo pensar. ¿Quién podía, pues, culparla, por hacer comentarios tontos?

–Vamos a ver a una amiga de la familia en Harley Street –repuso él.

Consciente de que la miraba detenidamente, buscando sin duda fallos en su aspecto, Bliss se sintió aliviada por haber dedicado más atención que de costumbre a su persona. Se había puesto una rebeca nueva verde con vaqueros de corte bajo y un cinturón de cuero marrón. Se había pintado los ojos, puesto colorete y brillo de labios y dedicado más tiempo que de costumbre a arreglar el pelo, y estaba razonablemente satisfecha con sus esfuerzos.

–¿Y quién es tu amiga? –preguntó–. No será doctora...

–Estás embarazada y tienen que reconocerte.

–Iré a ver a mi médico, gracias.

La joven apartó la vista y comprendió que le costaba todavía comentar los detalles íntimos de su embarazo con Dante, aunque él fuera el padre. Siempre había sido introvertida y ahora sentía amenazada su intimidad.

–Sandrine Lantain es ginecóloga y fue la que trató a Tatiana durante su embarazo. Quiero que vayas a verla y te examine como es debido. Me preocupa que tengas náuseas todas las mañanas y quiero pedirle consejo.

–Es normal tener náuseas cuando estás embarazada.

–¿Cuántos hijos has tenido para ser tan experta?

A Bliss le dolió su sarcasmo y apartó la vista. Dante la tomó del brazo para obligarla a mirarlo.

–Puede que hasta ahora no te hayas preocupado de cuidarte, pero vas a ser la madre de mi hijo y eso tiene que cambiar.

A ella no le gustó nada la regañina.

–¡Vete al diablo!

Se soltó, furiosa de que le hablara como a una adolescente estúpida. Retrocedió sin pensar y se golpeó la cabeza contra la pared. Ahora estaba irritada por partida doble y se frotó la cabeza malhumorada.

–¡Mira lo que has hecho! ¿Por qué no puedes dejarme en paz? Yo no te he pedido que volvieras. Criaré a este hijo sola sin tu ayuda y tú no puedes hacer nada para impedirlo. Soy yo la que lo va a tener y soy yo la que será responsable de él.

–Por encima de mi cadáver –repuso él con una seriedad que hizo que a Bliss le hirviera la sangre–. Vamos a dejar algo claro. Puedes mostrarte todo lo truculenta que quieras conmigo, pero sólo hasta un punto. Si cruzas ese punto, será terrible.

La joven lo miró con ojos muy abiertos.

–Quiero que te lo pienses dos veces antes de desafiarme de un modo tan estúpido. Si se te ocurre volver a decir que vas a criar sola a nuestro hijo, te demostraré que hay mucho que puedo hacer para detenerte. Te verás en los tribunales tan deprisa que serás tú la que acabe negociando derechos de visita conmigo. ¿Comprendes? Que no te quepa la menor duda de que hablo muy en serio.

Bliss intentó reprimir el miedo y el resentimiento que le producían sus palabras y lo miró con desafío. Para empeorar las cosas, Dante le sonrió con el aspecto autocomplaciente de alguien que está acostumbrado a salirse con la suya.

–Ahora vamos a ver a Sandrine. Ya le he pedido cita. Prepárate y nos vamos. El chófer está esperando.

Bliss se disponía a protestar, pero Dante se volvió y ella se encontró mirando su espalda.

–¡Eh! No se te ocurra marcharte así, como si el tema estuviera zanjado.

Él se giró y la miró con una sonrisa perezosa, casi arrogante.

–Lo está, querida. Me temo que vas a tener que aceptar que mi palabra es definitiva.

Bliss se vestía detrás del biombo con dedos temblorosos. Sandrine Lantain se había mostrado encantadora. Muy profesional pero también cálida, y Bliss no había podido evitar notar que sus ojos azules se habían iluminado al ver entrar a Dante en la consulta. ¿Pero qué tenía eso de raro? ¿A qué mujer no le gustaría contar con su atención aunque fuera sólo un momento? Se le encogió el estómago. Ahora él estaba con la encantadora Sandrine, comentando sin duda todos los detalles del embarazo de su futura esposa y posiblemente intentando explicarle a su amiga cómo se había colocado en esa posición con una mujer a la que apenas conocía.

Por un momento, Bliss deseó que hubiera una salida trasera para huir sin que Dante se diera cuenta y volver a la vida que llevaba antes de conocerlo. Luego se dijo que debía calmarse y pensar seriamente en lo que quería tirar por la borda. Tal vez desconociera los verdaderos sentimientos de Dante hacia ella, pero una cosa era cierta... parecía decidido a interpretar su papel de esposo y padre al pie de la letra. Suspiró son suavidad. El matrimonio con él no podía ser peor que afrontar la maternidad sola, luchando por llegar a fin de mes con su hijo. Si Dante estaba dispuesto a intentarlo, ella podía hacer lo mismo. Quizá con el tiempo, cuando la conociera mejor, descubriera que no había sido una elección tan mala después de todo.

Volvió a la consulta y se acercó a Dante y la ginecóloga con una sonrisa fija en el rostro.

–¿Estás bien? –Dante se levantó al verla entrar y le sacó una silla al lado de la suya.

–Sí, muy bien –dijo con voz tensa, para probarle que no le había perdonado el tono dictatorial en el que le había hablado antes; pero al sentir el contacto de su mano a través de la manga de la rebeca, comprendió que carecía de defensas en lo referente a aquel hombre. Ni siquiera el resentimiento impedía que sintiera una ola de deseo cada vez que la tocaba. Y aquello le producía otra clase de pánico. ¿Qué le pasaba? ¿Cómo podía dejar que se volviera importante para ella si sabía que las personas importantes de su vida acababan dejándola de un modo u otro?

–Siento que tengas tantas náuseas por la mañana –le dijo Sandrine–. Pero seguramente remitirán en cinco o seis semanas. Hasta entonces, te sugiero una dieta buena de comida fresca y mucho descanso. Te daré un remedio homeopático muy bueno para ayudarte un poco. Las instrucciones para tomarlo están en la caja –puso una cajita en la mesa–. Aparte de eso, debo decir que tienes buena salud y seguramente tendrás un embarazo sano y feliz.

–¡Gracias a Dios! –Dante tomó la mano de Bliss en la suya y respiró aliviado.

Ella, en cambio, descubrió que no le resultaba fácil respirar. ¿Era eso lo que se sentía al ser querida y cuidada? ¿Tener a alguien que le demostrara que le importaba su bienestar? La idea le gustó... hasta que se le ocurrió que Dante probablemente pensaba en el bienestar del niño y no en el de ella. Retiró la mano e intentó no mirar la expresión de sorpresa de él.

–Aparte de eso, querida, tengo una receta para ti, y es que dejes que tu maravilloso prometido te lleve a Italia de vacaciones. Isabelle estará encantada contigo y podrás tener todo el descanso que necesitas. Y vuelve a verme después de la boda. ¿De acuerdo?

Bliss le sonrió, se puso en pie e intentó reprimir los celos cuando Dante besó a la ginecóloga en ambas mejillas y se despidió de ella. Al salir a la calle, bañada por el sol, él se detuvo un momento y levantó la barbilla de Bliss con los dedos. La miró a los ojos.

–Sandrine tiene razón –anunció–. Necesitas unas vacaciones. Estas tarde dejaremos la boda organizada en el registro civil y nos iremos a Milán. Mis padres tienen una villa en el campo en Varese y creo que será el lugar ideal para que descanses y una buena oportunidad para que los conozcas. Si esta noche llegamos muy tarde para conducir hasta la villa, nos quedaremos en mi apartamento de la ciudad y mañana iremos a Varese. Creo que debes saber desde ya que no pienso aceptar una negativa.

Bliss sintió un escalofrío al pensar en viajar con Dante a Italia y conocer a sus padres, y sus ganas de oponerse desaparecieron en el acto. ¿Por qué no disfrutar de unas vacaciones? Dante tenía razón. Había tenido pocas ocasiones de ir de vacaciones y, con todo lo ocurrido, necesitaba unas desesperadamente. Intentó sonreír para comunicar su asentimiento, pero con la mano de Dante acariciándole el hombro y su calor seductor infiltrándose en la sangre de ella y mareándola como si hubiera tomado vino, no hubiera podido jurar que lo había conseguido.

La voz efusiva que hablaba en italiano en la radio entraba y salía de la conciencia de Bliss mientras viajaban de noche, con Dante al volante del lujoso Alfa Romeo que los estaba esperando en el aeropuerto. Había decidido ir a Varese esa misma noche y Bliss intentaba reprimir la aprensión que la invadía al pensar en conocer a sus padres.

¿Cómo recibirían a una chica a la que no habían visto nunca y que había aparecido salida de la nada? ¿Y si tenían ya una chica rica pensada para su hijo mayor y los enojaba que se hubiera quedado embaraza y arruinado sus planes? La ansiedad que le producían esos pensamientos la obligó al fin a abrir los ojos y reacomodarse en el asiento. Dante la miró preocupado.

–¿Qué te pasa? ¿No estás bien? ¿Quieres que pare?

Bliss tomó la botella de agua que había dejado a sus pies y negó con la cabeza.

–Sólo necesito beber agua. ¿Quieres tú? –bebió y se secó la boca con el dorso de la mano.

Dante suspiró. ¿Cómo era posible que le pareciera que hasta el más mínimo gesto de ella estaba pensado para provocarlo? Concentró todos sus esfuerzos en intentar ignorar el calor que fluía por sus venas, pero no era fácil, ya que Bliss Maguire tenía la boca más exuberante y sensual que había conocido y cada vez le resultaba más difícil concentrarse en el bienestar de ella y olvidar sus propias necesidades. Era un tormento verla con el pelo moreno revuelto por el sueño y el viaje, sus enormes ojos color lavanda mirándolo adormilados y la boca húmeda por el agua que acababa de beber. Se obligó a concentrarse en la carretera e intentó no pensar en que esa noche la desnudaría y dormiría con ella.

–Llegaremos en una hora. Isabelle estará levantada esperándonos.

–¿Isabelle? ¿Te refieres a tu madre?

–Sí. Mi madre –no pudo reprimir una sonrisa al pensar en la mujer que lo había criado–. Me dijo que no podía esperar a mañana para conocerte. Mi padre, sin embargo, se acuesta pronto desde que está enfermo.

Dante le había contado durante el vuelo que su padre, Antonio, padecía una enfermedad cardiaca y a Bliss no le había pasado desapercibida su expresión de miedo al decírselo.

–¿Y qué pensarán tus padres de que traigas a una desconocida de Inglaterra? Por no mencionar que estoy embarazada.

–Sí, embarazada con mi hijo –la miró posesivo, orgulloso de que aquella mujer hermosa y el hijo que esperaba fueran los dos suyos. Apretó el volante con fuerza–. No tengas miedo. Se alegran de conocer a la hermosa chica que va a ser su nuera. Mi familia lleva años queriendo que me case y ahora al fin se va a cumplir su deseo.

–¿Y no les importará que no sea italiana?

La pregunta lo afectó de tal modo que Dante apretó la mandíbula, como para alejar la sensación familiar de ser un usurpador en su propia familia. Un forastero... Quería contarle a Bliss el secreto que aún no le había revelado, que tenía más en común con ella de lo que imaginaba. Pero una parte de él no quería traicionar el dolor pasado de su padre y, si había de ser franco, tampoco quería revelar el suyo propio. Ése no era el momento de decirle a Bliss que era producto de una aventura de amor de Antonio. Y además, su historia sólo conseguiría aumentar aún más el miedo de ella a no ser aceptada.

–No. No les importa que no seas italiana. Eso te lo puedo garantizar.

–¡Dante, *mio figlio più amato!*

Dante se dejó abrazar por su madre Isabelle y no pudo ignorar la oleada de calor que lo invadió por dentro al oír sus palabras. Ella lo había llamado «mi hijo más querido» y, por muchas veces que oyera la frase, tenía todavía el poder de emocionarlo. Miró el porche de estuco con fuerte olor a jazmín y la figura pequeña y rotunda de su madre iluminada por la luz que salía del vestíbulo a sus espaldas, y no pudo negar la esperanza de su corazón de que esa vez pudiera olvidar sus dudas y alegrarse plenamente de estar en casa; de que esa vez se sentiría aceptado de verdad, sin desconfianzas por su parte de no ser querido tanto como Stefano y Tatiana. Quizá la llegada de la joven reservada que lo acompañaba y pronto se convertiría en su esposa y madre de su hijo ayudaría a anunciar un nuevo amanecer de paz en su corazón.

–¡Mamá! No has debido quedarte tanto tiempo levantada, pareces cansada –la besó en ambas mejillas y dejó una mano apoyada en su hombro mientras ella sonreía a Bliss.

–Bienvenida, hija. Ven a la luz para que pueda verte.

Bliss se situó con aprensión al lado de Dante.

Su primera impresión de Isabelle di Andrea fue que la mujer, aunque bajita y regordeta, tenía un rostro muy hermoso y ojos brillantes del mismo azul que los de Tatiana, pelo castaño rizado y la sonrisa de una *mamma* orgullosa cuya familia es el alma de su vida. La tensión de la joven empezó a diluirse de inmediato. La conmovía que Isabelle la hubiera llamado «hija». La mujer no la conocía todavía, pero ya la había recibido con un término cariñoso que indicaba que estaba más que dispuesta a acogerla en su corazón porque se iba a casar con su precioso hijo.

–Estoy encantada de conocerla, señora di Andrea.

–¡Ay, ay, ay! Yo soy *mamma*, ¿vale? Y tú eres mi nueva hija, junto con Tatiana y Monica, la esposa de Stefano.

Sin más preámbulo, Isabelle la abrazó con fuerza y le plantó dos sonoros besos, uno en cada mejilla.

–Mi hijo tenía razón, eres muy hermosa. Pero no debemos quedarnos aquí fuera toda la noche. Cuando estás embarazada es importante que descanses lo más posible los primeros meses. Entra y te enseñaré tu cuarto y te llevaré algo caliente de beber antes de acostarte. Por la mañana conocerás a mi esposo Antonio y luego podremos desayunar juntas y hablar de la boda.

Bliss miró a Dante de soslayo y descubrió que él la miraba con una expresión que hizo que el corazón le latiera con fuerza. Era una expresión posesiva, casi depredadora, que decía que tenía intención de compartir su cama esa noche y que ya podía hacerse a la idea porque no pensaba cambiar de idea. La joven siguió a la sonriente Isabelle al interior de la casa con la sangre hirviendo de anticipación en sus venas.

El dormitorio, grande, tenía suelo de mármol, paredes decoradas con frescos y muebles antiguos exquisitos, incluida una cama de columnas con cortinas de damasco rosa. Aunque estaba muy cansada, los ojos de Bliss nunca se cansaban de contemplar la belleza y, mientras Dante subía el equipaje desde el coche, paseó por la habitación observándolo todo. Se detuvo ante una fotografía enmarcada en plata de Dante con un hombre más mayor bien vestido que debía de ser Antonio. Además de ser muy atractivo, con un brillo especial en los ojos, sus rasgos sugerían calidez y amabilidad en abundancia y Bliss perdió todo miedo ante el encuentro del día siguiente.

–Mamá te va a subir algo de beber. ¿Te parece bien leche caliente?

Bliss se volvió a Dante, que entraba con las dos maletas, y notó que ya se había quitado la chaqueta. Cuando dejó las maletas en el suelo y cerró la puerta tras de sí, a ella le latió el pulso con fuerza. El viaje no parecía haberlo cansado tanto como a ella, que tenía el pelo revuelto, la ropa arrugada y necesitaba urgentemente un baño o una ducha. En contraste, Dante parecía que acabara de regresar de dar un paseo por el parque.

–La leche caliente está bien, gracias, pero yo no quiero que se moleste por mí.

–Si la conocieras, sabrías que le gusta molestarse por sus hijos.

–Pero yo no soy hija suya y acaba de conocerme.

–Eso no importa. Tendrás que acostumbrarte a que quiera hacer de madre contigo... sobre todo ahora que sabe que vas a tener un nieto suyo –Dante se acercó a ella y la miró a los ojos–. ¿No estás muy cansada del viaje?

–¿Por qué quieres saberlo? –murmuró ella, que empezaba a sentir un calor intenso en las venas.

–¿Por qué crees tú que quiero saberlo, eh?

Dante le puso una mano en el cuello y le acarició con el pulgar la piel sensible de la garganta. Bliss se inclinó hacia la mano y no pudo reprimir un respingo de placer, pero tampoco evitar que la inquietud se apoderara de ella.

–¿Siempre que vienes a casa de tus padres te quedas en esta habitación? –preguntó con suavidad.

–Sí. ¿Por qué lo preguntas?

–¿Sueles traer a tus novias aquí?

Dante dejó de acariciarle el cuello y apoyó la mano en el hombro de ella.

–Te diré la verdad. Nunca he traído a una novia aquí conmigo. Siempre nos hemos quedado en mi piso de Milán.

Bliss frunció el ceño e intentó ignorar la idea

dolorosa de que había tenido otras novias y las había recibido en su piso.

–¿Y a tus padres no les importa que durmamos juntos antes de casarnos? –preguntó ruborizada.

A Dante le gustó que ella tomara en consideración la opinión de sus padres, pero también se sintió frustrado, porque, ¿cómo iba él a oponerse si ella sugería que no compartieran habitación? Sabía que Isabelle aplaudiría la muestra de respeto de Bliss.

–No les importa o mamá no me habría dicho que trajera tus maletas aquí –repuso–. Además... –le miró el estómago–, es un poco tarde para entregarse a la modestia, ¿no te parece?

Aquel comentario no era lo que ella quería oír y Bliss, desconcertada, levantó la barbilla con terquedad.

–Sea o no tarde, creo que deberíamos esperar a que estemos casados para dormir juntos en casa de tus padres. ¿No te parece?

Dante hizo una mueca y se retiró con rabia al otro lado del cuarto.

–Haces esto para atormentarme, ¿verdad? –preguntó.

Su frustración casi hizo reír a Bliss, pero no del todo. Porque si él se sentía frustrado, ella no sabía cómo iba a poder pasar la noche en aquella cama enorme sola y con el deseo de que Dante le hiciera el amor apasionadamente.

Capítulo 10

A LA MAÑANA siguiente, Bliss respiraba profundamente de pie en la galería que daba la vuelta al segundo piso de la villa y miraba el bosque verde que se extendía en la distancia con una sensación de esperanza en el corazón. Dante se había mostrado frustrado y enfadado cuando le había sugerido que no compartieran habitación la noche anterior, pero le había deseado felices sueños y le había dicho que no se molestara en madrugar a la mañana siguiente. Ahora, mientras admiraba la vista, oía los preparativos del desayuno en el piso bajo y la voz melódica de Isabelle y confiaba en que Dante le hubiera perdonado que no durmieran juntos. Aunque ella al principio había dado bastantes vueltas en la cama por frustración, el cansancio había acabado por imponerse y después había dormido como un bebé.

–Buenos días.

Él la tomó por sorpresa; apareció por detrás y bajó las manos por los brazos desnudos de ella. Inevitablemente, a Bliss se le aceleró el corazón. El olor de él, fresco y limpio, resultaba tan prometedor como un verano mediterráneo.

–Buenos días.

–Creo que éste es mi lugar favorito.

–No me extraña. La vista es espectacular.

–Me refiero a este punto –Dante apretó los labios contra la curva donde el hombro de ella se unía al cuello y la caricia, combinada con el calor de su cuerpo, fueron como una marca de fuego–. Anoche te eché de menos en mi cama –subió despacio los labios por el rostro de ella y le besó la oreja. Los pechos de Bliss se endurecieron por el deseo y anheló sentir también su mano en ellos.

–Dante... tus padres pueden vernos –se volvió para quedar de frente a él, y se quedó sin respiración al ver su sonrisa sexy.

–¿Y qué verán? –preguntó él–. ¿A su hijo besando a la mujer con la que se va a casar?

–No tienes por qué casarte conmigo –dijo ella.

Esperaba un hijo suyo, pero todavía no entendía por qué él parecía tan deseoso... casi feliz, antc la idea de casarse con ella. ¿Cómo podía compararse ella con todas las chicas hermosas que seguramente debían de suspirar por él? Ella no era nadie... una dependienta que no sabía lo que quería hacer con su vida hasta que apareció él. Y Dante lo tenía todo. ¿Y no merecía casarse por amor y no verse obligado a una boda sólo porque había dejado embarazada a una chica?

–¿Qué quieres decir con eso? –preguntó él con voz tensa.

–Sé que tú te sientes obligado por el niño, pero

la gente debería casarse por amor, no por obligación.

–Creo que yo llegaré a quererte mucho, Bliss, si eso es lo que te preocupa. Pero tenemos que dar tiempo a nuestro matrimonio. Creo que seré un buen marido. No os faltará de nada ni a nuestro hijo ni a ti y te prometo que tu vida no carecerá de pasión. Seré un amante fiel y atento.

Sus ojos se oscurecieron visiblemente y Bliss no dudaba de que hablaba en serio. El aire entre ellos resultaba casi inflamable; pero había una parte de su corazón que sufría todavía por la ausencia de la palabra «amor» en su respuesta.

–¿Y no sentirás que falta algo, Dante? –preguntó con suavidad.

–¡Buenos días, Bliss! He esperado mucho tiempo este momento y no pienso esperar ni un segundo más.

Bliss tragó saliva para ocultar su dolor y consiguió sonreír al hombre alto e imponente que se acercaba a ella con la camisa arremangada y la ayuda de un bastón. Se sintió inmersa en un abrazo de oso, miró a Dante por encima del hombro de su padre y la alivió ver que él también sonreía.

–Usted debe de ser Antonio. Yo también tenía muchas ganas de conocerlo.

El hombre sonrió de oreja a oreja y miró a su hijo con una expresión de felicidad en el rostro.

–Es encantadora, Dante, sencillamente encantadora. Mi Ana me dijo que me gustaría y tenía razón –miró a Bliss–. Yo conozco enseguida a la gente y ya sé que vas a ser una esposa excelente para mi querido hijo. Sí... ya lo sé.

–Papá está muy contento –Isabelle miró la figura de Dante, que paseaba lentamente de un lado a otro de la galería. Su cariño de madre le decía que él tenía muchas cosas en la cabeza en ese momento y la mayoría, sin duda, tenían que ver con la joven que pronto se convertiría en su esposa–. ¿Sabes que tu felicidad lo es todo para él?

–¿Sí? –Dante deseó ser capaz de apartar el dolor inevitable que le producían en el pecho las dudas de siempre. Miró un instante a su madre y apartó la vista enseguida.

Isabelle parecía atónita.

–¿Y tienes que preguntarlo, hijo? Supongo que sabes que tu padre adora el suelo que pisas. Siempre ha sido así.

–¿Tú no crees que soy una decepción para él? ¿Un recuerdo de que sus padres lo rechazaron por culpa de mi nacimiento?

Isabelle dejó caer las manos a los costados, claramente escandalizada.

–¿De dónde has sacado esa tontería, Dante? Sabes que tú jamás podrías decepcionar a Antonio. Y fue él el que rechazó a sus padres porque se negaron a aceptar su relación con Katherine, incluso cuando esperaba un hijo suyo. Fue una pena que ocurriera así, pero Antonio nunca ha lamentado haber roto con ellos. No aceptaron a Katherine en ningún momento, ni siquiera al final, y no querían reconocer tu existencia. Tu padre tuvo que luchar para criarte. ¿Puedes culparlo por hacer lo que hizo?

–Yo no culpo a papá, claro que no –Dante agarró con emoción la balaustrada blanca de la galería y miró sin ver el bosque de castaños en la distancia–. Él no tenía la culpa de que yo fuera diferente.

–¿Diferente? –Isabelle sacó una silla de la mesa y se sentó con pesadez.

–Me sentía diferente –repitió Dante–. Ilegítimo. No un miembro de la familia. Tenía envidia de Stefano y de Tatiana. Yo estuve mucho tiempo solo hasta que papá se casó contigo y él siempre estaba trabajando y tenía poco tiempo para mí. Luego, cuando tú tuviste a mis hermanos, tu amor por ellos estaba garantizado porque eran hijos tuyos. Si había un desacuerdo entre nosotros, me echaba la culpa porque yo no era de la misma sangre. Cada vez era más consciente de que yo no era igual que ellos. Eso me hacía esforzarme más por impresionar a mi padre, por conseguir su aprobación y que nunca se arrepintiera de haberme tenido.

Achicó los ojos y se volvió a mirar a su madre.

–También quería tu amor incondicional, Isabelle. Quería que estuvieras tan orgullosa de mí como de Stefano y Tatiana.

La mujer se acercó a él y lo abrazó, sin importarle que ya no fuera un niño. Le murmuró palabras cariñosas y lo besó y le acarició el pelo mientras lloraba abiertamente. El hecho de que Dante pudiera pensar que no lo amaba con la misma devoción apasionada que a sus otros hijos le destrozaba el corazón.

–Tú fuiste mi primer hijo y te quise desde el primer momento en que te vi. ¡Eras tan serio, con esos ojos tristes y ese aire tan vulnerable! El primer hijo de una madre ocupa siempre un lugar especial en su corazón. Hijo mío, yo daría mi vida por ti y consideraría un privilegio hacerlo.

–Sí –Dante la abrazó sin poder reprimir el torrente de lágrimas que llenaba sus ojos–. Yo haría lo mismo por ti, mamá.

Bliss dormitaba al sol cuando oyó movimiento detrás de ella. Una mano grande se posó en su hombro y la joven se quitó las gafas de sol y se incorporó, sorprendida de ver a Antonio ante sí. El hombre se sentó en una tumbona a su lado sin apartar la vista de ella.

–¿Sabes lo que has hecho por mí, Bliss?

Ella, que no sabía qué decir, guardó silencio.

–Me vas a perdonar el tópico, pero has hecho muy feliz a este viejo. De mis tres hijos, Dante es el que más me ha preocupado siempre. No es como sus hermanos. Cuando tiene un problema, lo guarda para sí, no lo comparte con su familia. Contigo como esposa, aprenderá a compartir sus preocupaciones y tú serás un apoyo y un consuelo para él.

Bliss sintió un dolor tan intenso que le costó trabajo mantener la compostura. ¿Qué diría Dante si supiera que se había enamorado de él y estaría encantada de ser su apoyo y consuelo si él así lo quería? ¿Pensaría mejor lo de casarse con ella porque no querría decepcionarla en ese terreno? Le había dicho que sería un buen marido y que no le faltaría pasión, ¿pero qué era la pasión sin amor en una relación? Sería como un capullo hermoso que se deja morir por falta de cuidados. Al negarle el agua y el sustento, acabaría por marchitarse y convertirse en polvo.

–Su hijo es un buen hombre, señor di Andrea –contestó.

–Por favor, tutéame. Hazme ese favor. Acabo de perder un yerno precioso, pero ahora Dios es bueno conmigo y me da otra hija hermosa.

–Eso es muy amable.

Antonio enarcó las cejas.

–Bliss, cuando me conozcas mejor, sabrás que yo no digo cosas que no sean ciertas. Y no olvido que tú también ayudaste a mi querida hija en un momento muy duro para ella. Y ahora le vas a dar un hijo a mi hijo... cosa que también te agradezco. No me sorprende que Dante se enamorara de ti en cuanto te vio.

Bliss tuvo que hacer acopio de todo su valor para reprimir las lágrimas. Dante no se había enamorado de ella, pero ella no podía desengañar a un hombre enfermo con esa confesión. Él tenía una gran opinión de su hijo y, si lo reconfortaba pensar que el suyo era un matrimonio de amor, ¿quién era ella para negarle esa alegría?

–Papá –el objeto de los pensamientos de ambos salió por las puertas del patio, muy atractivo con camisa blanca, pantalones marrones y pies descalzos–. Tu enfermera dice que es la hora de la medicina.

Antonio lo miró divertido.

–Esa mujer es una tirana. Tu madre ha debido de sacarla del ejército.

–Está aquí para ayudarte, papá, y tienes que hacerle caso, ¿de acuerdo?

–Está bien, está bien. Te dejaré a solas con tu jovencita; disfrutad antes de que aparezca mamá para hablar de la boda. Y espero que le hayas dicho a Bliss que esta tarde vendrán amigos y parientes a conocerla. No te asustes, hija, todos son buena gente y sólo quieren compartir nuestra alegría porque nuestro hijo se va a casar.

Pero Bliss sí estaba asustada. Aquel matrimonio se volvía de pronto demasiado real y demasiado cercano. ¿Cómo iba a poder dar marcha a atrás cuando todo el mundo estaba informado de él? Más aún, ¿cómo defraudar a Antonio e Isabelle que le habían abierto los brazos sin vacilaciones?

Dante vio el miedo en sus ojos e hizo un gesto de asentimiento con la cabeza como para indicarle que tenían que hablar.

Cuando la había visto sentada en el patio conversando con su padre, no había podido reprimir una sensación de placer. Estaba muy hermosa, con un top blanco, sandalias de tiras y una falda larga de encaje blanca.

–¿Quieres que entremos en la casa? –preguntó cuando se quedaron solos–. Aquí hace mucho calor y no quiero que te quemes.

Bliss se puso las gafas de sol, tomó la crema para el sol, la destapó y le sonrió.

–Tengo protección. No puedes negarme el placer de tomar el sol después del tiempo que tenemos que soportar normalmente en casa.

Dante no deseaba negarle nada en ese momento. Si le pedía la joya más grande y preciosa del mundo, haría lo imposible por conseguirla.

–Si vas a insistir en quedarte aquí, por lo menos deja que me cerciore de que no te vas a quemar.

Se sentó en la tumbona que había dejado libre su padre y le quitó la crema de la mano.

–Bájate los tirantes –le ordenó con voz temblorosa.

Bliss obedeció con mano inestable y se felicitó interiormente de no haber sido tan tonta como para salir allí en bañador. Por lo menos, no había mucha piel desnuda por la que tuviera que preocuparse. Pero cuando la mano de Dante empezó a darle crema primero en un hombro y después en el otro, tuvo que cerrar los ojos para absorber las sensaciones exquisitas que le producía en todo el cuerpo. Se estremeció con la necesidad de que la tocara por todas partes y tuvo que apretar los muslos para impedir que se relajaran y abrieran espontáneamente. No había duda... el toque de Dante resultaba intoxicante, y Bliss se mordió el labio inferior para no decir nada.

Él sintió la boca seca cuando vio los pezones de ella endurecerse detrás de la tela de la camiseta. Antes de que la joven pudiera protestar, empezó a untarle crema en el escote, acercándose lo más posible a una zona que quería tocar, no sólo con las manos sino también con la lengua y los dientes. ¡Santo cielo! Aquello era un ejercicio de tortura. ¿Aquella mujer quería volverlo loco? Lanzó un juramento en voz alta.

–¿Qué te pasa? –Bliss devolvió los tirantes a su sitio y lo miró.

–Quiero llevarte a un sitio.

–¿Adónde? –susurró ella con voz ronca.

–A un sitio donde podamos estar solos.

Extendió la manta debajo de los árboles y tiró de Bliss hacia abajo para que se sentara con él mientras le sostenía la mirada con una intensidad que sólo un hombre empujado hasta el límite del deseo podía exhibir.

–Entiendo que no te resulte cómodo dormir conmigo en casa de mis padres, pero aquí somos libres, ¿no?

Bliss se dejó abrazar sin protestar; en lo que a él se refería, carecía de voluntad.

Él le acarició el labio inferior con el dedo, le rozó después la barbilla y siguió bajando hasta llegar a la ranura entre los pechos, dentro del top. Bliss contuvo el aliento; sus pezones se habían endurecido y una humedad caliente brotaba entre sus muslos.

–¿Sabes lo terrible que fue anoche no poder tocarte como quería? –susurró él.

Bajó más la mano y palpó un pecho de ella. Bliss se apoyó en su cuerpo y Dante le tomó el rostro entre las manos y la besó con pasión. Ella se sintió transportada a un mundo tan exquisito y sensual que olvidó fácilmente sus preocupaciones y se entregó al encanto que la rodeaba. Su cuerpo se volvía gelatina ante las caricias de Dante; éste le subió la falda hasta los muslos e inició un masaje provocador en dirección al pubis. Bliss, empapada ya de calor y deseo, cerró los ojos con un gemido estremecido y él deslizó un dedo en su interior y le acarició su núcleo más tierno hasta que ella habría podido jurar que veía literalmente estrellas mientras la invadía una ola tras otra de placer exquisito. El tiempo se detuvo. Se sentía unida a todo lo que la rodeaba... los árboles, el aire y, sobre todo, la tierra en la que yacían su amante y ella, y nada en su vida le había parecido nunca tan perfecto y tan natural. Sus ojos violetas se llenaron de lágrimas de placer y gratitud; pero antes de que pudiera recuperar el aliento, Dante le quitaba ya las bragas blancas de seda, se desabrochaba los pantalones y la penetraba. Bliss lo miró, sumergida de nuevo en una fuente de placer sensorial inimaginable, y vio que los ojos de él brillaban como esmeraldas fundidas. Lo besó en los labios y él respondió con ardor y se hundió más en el interior de ella.

Dante gritó justo cuando Bliss llegaba al orgasmo, sólo segundos antes que él, y su voz vibró a su alrededor de ellos mientras él apretaba la pelvis de ella sobre su sexo como si quisiera extraer hasta la última gota de placer que ella tuviera que darle y no quisiera conformarse con menos.

–¿Cómo voy a poder pensar en nada más hoy si me has hecho perder la cabeza de deseo?

Su rostro, relajado de toda tensión, resultaba tan atractivo que Bliss conoció un momento de alegría delirante. Casi no podía hablar por la felicidad que la embargaba. ¿Quizá aquello podría salir bien después de todo? En ese momento casi podía creer que todo era posible. Incapaz de romper el fuerte vínculo que había encontrado en sus brazos, tomó el rostro de él en sus manos y le sonrió con la confianza de una mujer que sabe sin lugar a dudas cuánto placer ha dado a su hombre.

–¿Quién dice que tengamos que pensar? –preguntó–. ¿No podemos simplemente sentir?

–Sí, querida –contesto él con voz ronca. Tiró de los tirantes de ella hacia abajo y dejó al descubierto sus pechos–. Creo que es una buena idea. Creo que tú me has hecho tu esclavo de por vida. Quizá deberíamos quedarnos aquí el resto del día y sólo sentir, ¿eh?

Le apretó los pechos y Bliss lo sintió endurecerse debajo de ella y no pudo reprimir un gemido.

–No podemos quedarnos aquí todo el día. Tú familia espera invitados.

Se apartó con culpabilidad repentina, preguntándose qué diría su familia cuando volvieran tarde a la villa y con la piel sonrosada por efecto del sexo. Pero Dante la sujetó por las muñecas con tal expresión de lascivia en los ojos que Bliss se quedó un momento sin habla. La tumbó de espaldas y le sonrió con satisfacción.

–Los invitados pueden esperar. En este momento tendrá que esperar todo el mundo hasta que yo me haya saciado con tu cuerpo.

Capítulo 11

BLISS tomó un sorbo de ponche de frutas y miró a su alrededor, a los invitados bien vestidos reunidos en el jardín. Su calma exterior ocultaba bien la ansiedad que en realidad la embargaba por dentro. No encajaba allí, aquél no era su sitio. Las personas de la fiesta le parecían una raza aparte. Y lo eran. Si la ponían en fila con ellas y pedían a alguien que eligiera a la que desentonaba, sin duda ella sería la primera opción. La hilera de coches impresionantes marcaba también claramente la enorme diferencia en sus estilos de vida. Había tres Ferraris, dos Rolls y un Lamborghini, así como varios otros vehículos caros.

¿Qué dirían los invitados ricos de Isabelle cuando descubrieran que ella era una dependienta de grandes almacenes y carecía de contactos y de fortuna? Bliss no quería avergonzar a Dante con su pasado. Antes, debajo de los castaños, había creído que todo iría bien, pero ahora... ahora la duda no la dejaba en paz.

–No puedo creer que mi primo te haya dejado sola. Llevo un rato observándote, esperando su regreso, pero no ha vuelto. Por eso he decidido venir a presentarme. Soy Alessandro Visconti y, puesto que conozco a todos los demás presentes, tú debes de ser la hermosa mujer que por fin ha capturado su corazón.

El hombre que le hablaba era joven, veintitrés o veinticuatro años, de pelo negro y atractivo. Bliss le estrechó automáticamente la mano y rezó para no parecer muy nerviosa.

–Bliss Maguire.

Los ojos negros y sonrientes de Alessandro recorrieron su cuerpo con cierto atrevimiento.

–Dante es un hombre afortunado –comentó–. Muy afortunado.

¿Por qué tardaba tanto en volver? Hacía quince minutos que Dante había entrado a llamar por teléfono. Le habían presentado ya a casi todo el mundo y como Antonio se había retirado también con Isabelle para tomar su medicina, Bliss se sentía sola y demasiado a la vista. Y después de la aventura bajo los castaños, echaba mucho de menos a su futuro esposo. De algún modo, en los últimos días, Dante había empezado a significar mucho para ella y eso le otorgaba un poder que resultaba terrorífico para una chica que había jurado que nunca se enamoraría ni se casaría.

–¿Tú también trabajas en el negocio hotelero, Alessandro? –la joven tomó un sorbo de bebida y se dijo que no debía de ser tan difícil conversar un poco con el primo de Dante.

Él sonrió.

–No, yo soy la oveja negra de la familia. Gasto

el dinero de los míos como si no existiera el futuro y, peor aún, juego en los casinos de todo el mundo.

–¿Y ganas alguna vez? –preguntó ella con curiosidad, atraída por su sinceridad.

–Alguna –él se encogió de hombros–. Y cuando gano, lo dono a una ONG, por supuesto, así no me siento tan culpable por despilfarrar la fortuna familiar.

Bliss se echó a reír y Alessandro la imitó.

–¿Qué tiene tanta gracia?

La figura imperiosa de Dante se materializó de pronto a su lado con una expresión sombría en su hermoso rostro.

–Le estaba diciendo a tu futura esposa que soy el sinvergüenza de la familia. Supongo que estás de acuerdo conmigo.

–Es un papel que interpretas a las mil maravillas –repuso Dante, con tono de censura y expresión seria.

Bliss, extrañamente defraudada porque no encontrara ningún encanto en la simpatía de su primo, saltó en defensa del joven.

–Ninguno somos perfectos, Dante. ¿No te parece?

Al parecer, no se lo parecía. Los mismos ojos que la habían mirado con tanto ardor sólo un rato antes bajo los castaños resultaban ahora tan fríos como un glaciar.

–Creo que es hora de que salgas del sol, Bliss. Yo te acompañaré.

–Pero yo no quiero...

Dante silenció su protesta con una mirada aún más fría, le colocó una mano con firmeza en el codo y se alejó con ella, dejando a Alessandro plantado.

En su dormitorio, Bliss se sacudió la mano de Dante y lo miró furiosa.

–¿A qué viene eso? Es una grosería lo que acabas de hacer.

–¡No se te ocurra hablarme como si supieras lo que dices! –Dante la miró también con rabia–. Alessandro es un payaso. Casi ha destrozado a su madre con su comportamiento y despilfarrado gran parte de la fortuna de la familia en el juego y en mujeres. No siente remordimientos ni vergüenza por ello y, a pesar de ello, siempre que acude a su pobre y atormentada madre, ella lo perdona y se cree sus promesas de que va a cambiar.

–Y tú hablas como si eso te diera envidia.

Dante guardó silencio. Se pasó los dedos por el pelo y se volvió un momento para recuperar la compostura. Era cierto. Le daba envidia. Alessandro podía comportarse como quisiera y seguiría siendo querido incondicionalmente por sus padres. Interpretaba el papel de playboy italiano y lo admiraban por ello porque parecía que su sangre le daba ese derecho. Y ahora Bliss se mostraba encantada por él.

–Tu interés por mi primo no es bien recibido –gruñó entre dientes–. No olvides que ahora me perteneces. No mirarás a otro hombre con deseo y no me dejarás nunca. ¿Entendido?

Bliss se puso rígida. ¿De verdad creía que alguien como Alessandro podía atraerla más que él? ¿Y después de haber hecho esa tarde el amor con él como no lo había hecho con nadie más? El dolor y la rabia casi hicieron que se le llenaran los ojos de lágrimas.

–¡No me des órdenes! No tienes derecho a hablarme como si fuera una de tus posesiones. Yo no pertenezco a nadie excepto a mí misma.

Dante soltó una ristra de juramentos en italiano. Cuando terminó, hubo un silencio tenso y ambos se miraron de hito en hito. Él respiró hondo y movió la cabeza.

–Quizá sí –dijo.

–¿Sí qué?

–Sí tengo envidia de Alessandro –confesó él, enrojeciendo.

Bliss vio el brillo herido de sus ojos y quiso saber qué lo preocupaba. Su furia se apagó tan de repente como había surgido. Recordó que Antonio le había dicho que su hijo mayor se guardaba dentro sus problemas y consideró la posibilidad de que llevara consigo heridas sin curar.

–¿Qué pasa, Dante? ¿Estás enfadado con tu primo o es otra cosa?

Él se acercó a la ventana y miró el bosque en la distancia.

–Isabelle no es mi verdadera madre –dijo. Tragó saliva para aliviar la sequedad de su garganta–. Mi madre era irlandesa, igual que tu padre. Se llamaba Katherine O'Brien y mi padre se enamoró de ella en cuanto la vio. Cuando se quedó embarazada y mi padre quiso casarse con ella, sus padres no se lo permitieron. Poco después de eso murió mi madre. Mi padre me crió solo durante seis años mientras luchaba al mismo tiempo por levantar su negocio. Por el día me dejaba con mi tía y ella... desaprobaba mi existencia. La vida fue muy dura para mi padre hasta que conoció a Isabelle. Y luego, cuando llegaron Tatiana y Stefano, yo ya no era el primero a sus ojos. ¿Es egoísta por mi parte echar de menos eso? Mi familia lo es todo para mí, pero a veces me sentía como un extraño debido a mis orígenes. Ésta es una cultura antigua, donde no se olvida fácilmente la tradición. ¿Comprendes?

Bliss lo comprendía. Dante trabajaba mucho para que su familia estuviera orgullosa de él, creyendo que tenía que comprar su aceptación y probar... ¿qué? ¿Que era tan digno de amor como sus hermanos? Lo que al parecer no podía ver y ella sí era que lo adoraban y lo harían igual ya fuera un empresario rico o un fontanero. Sólo tenía que recordar el cariño con el que lo miraba Isabelle o, más recientemente, sus padres.

–No tienes por qué tener envidia de tu primo –dijo–. Tu familia te adora. Tienes que intentar olvidar tus reservas y estar agradecido por tener una familia tan maravillosa.

Se acercó a él y le puso una mano en el hombro.

–Considéralo de este modo. ¿Te gustaría que

nuestro hijo o hija sufriera como tú sólo porque tiene sangre mezclada? ¿Y la pequeña Renata? Su padre era inglés, ¿no? Y Antonio habla muy bien de su yerno. Está claro que no le importaba que Tatiana se hubiera enamorado de un hombre que no era italiano.

–Mi padre nunca me ha hecho sentirme diferente, pero mi nacimiento provocó una riña con sus padres y no se arreglaron nunca. Mi nacimiento privó a Stefano y Tatiana de sus abuelos paternos. Tienes que entender... –la miró con una emoción profunda–. No me resulta fácil hablar de esto, no lo había hecho hasta hoy.

Primero con Isabelle y ahora con ella, la seductora de ojos color lavanda que lo embrujaba con su mera presencia.

–Pero te diré una cosa, nuestro hijo lo tendrá todo. No sentirá en ningún momento que está fuera de lugar, te lo juro –tomó a Bliss del brazo y la atrajo hacia sí–. Y mis padres adorarán a su nieto; estoy seguro.

–Si nuestro hijo tiene amor incondicional, no tendrá que preocuparse por nada más, Dante –repuso ella con suavidad.

–Tienes razón –musitó él.

Dante tenía que ir a Milán por asuntos de trabajo. Le dijo que estaría fuera dos o tres días como máximo y volvería. Le ordenó que descansara lo más posible y se dejara mimar por Isabelle y el personal de la casa. Se despidió con un beso breve y se alejó sin más.

Bliss tomó una revista y se disponía a salir a la galería cuando oyó voces en el pasillo y apareció Isabelle con Alessandro Visconti.

–Tienes visita, querida. Si he de ser sincera, no apruebo el comportamiento de mi sobrino, pero es joven como tú y puede que te haga compañía mientras yo voy al hospital con Antonio.

Bliss la miró sorprendida, pero no tuvo valor para decirle que prefería estar sola a tener que conversar con alguien al que apenas conocía.

–De acuerdo –asintió con la cabeza–. Gracias, Isabelle... y espero que todo vaya bien en el hospital.

–Yo también lo espero. Antonio se siente mucho mejor desde que habéis venido Dante y tú. No te quedes mucho tiempo al sol, querida. Nos vemos luego.

–Bueno... parece que te tengo para mí toda la tarde –Alessandro la siguió a la galería y la observó instalarse en la tumbona, donde miró con descaro sus hermosas piernas, que el pantalón corto blanco dejaba al descubierto.

–Yo no diría tanto –musitó la joven, decidida a no hacerle concebir falsas esperanzas–. ¿Has venido a ver a tu primo?

Él hizo una mueca.

–He venido a presentar mis respetos a mi tío, pero me temo que no estoy en muy buenos términos con nadie de la familia en este momento y menos con Dante. Perdóname que sea tan franco, pero él sólo tiene que chasquear los dedos y las mujeres acuden corriendo y, sin embargo, siempre se comporta como el perfecto caballero. A mi madre le gustaría que me pareciera más a él.

Se acercó a la balaustrada y movió la cabeza. Sus ojos se iluminaron de pronto.

–Puedo llevarte a dar un paseo por el campo con mi coche nuevo. Es de mi padre, pero sé que me lo dará si le digo que no puedo vivir sin él.

–¿Siempre te dan lo que quieres, Alessandro? –preguntó ella con el ceño fruncido.

–Sí, creo que sí –él se encogió de hombros–. Pero es porque soy encantador, ¿no? A la gente le gusta la simpatía.

–La simpatía sólo te sirve hasta un punto, luego necesitas algo de más sustancia. La gente no se deja engañar tan fácilmente como tú crees.

–Entiendo por qué se ha enamorado mi primo de ti, Bliss. No sólo eres guapa sino también inteligente. Dante ha dicho muchas veces que tiene que haber algo más que atractivo físico para mantener su interés.

¿Pero podría ella mantener el interés de su esposo en los próximos meses? Si podía tener cualquier mujer que quisiera, ¿qué razón tenía para seguir con ella, aparte del niño? Estaba en un lugar hermoso, rodeada de vistas espectaculares y a pocos días de su boda. Y se sentía desgraciada porque estaba claro que Dante nunca la amaría como ella quería. De pronto sintió una necesidad acuciante de salir a respirar otro aire.

–Iré a dar un paseo contigo si la oferta sigue en pie –anunció.

Alessandro sonrió con satisfacción e hizo un gesto con la mano.

–Será un honor, señorita.

Con el viento cálido moviéndole el pelo mientras el coche recorría carreteras secundarias del campo, Bliss se sentía en otro mundo.

–¿Qué te parece, eh?

Alessandro levantó la voz para hacerse oír por encima del ruido del motor y la miró, deseando claramente impresionarla, tanto con su habilidad como conductor como con su coche.

–Creo que vas muy deprisa para mi gusto –gritó ella, con el estómago en la boca–. ¡Frena, por favor! ¡Vas muy deprisa!

–La velocidad es un afrodisíaco, ¿no? –Alessandro se echó a reír y no hizo nada por reducir la velocidad. El nudo en el estómago de Bliss se convirtió de pronto en un dolor acuciante que casi la dejó sin aliento. Aturdida por su intensidad, la joven se quedó muy quieta. Cuando el primer dolor fue seguido de otro, agarró el brazo de Alessandro para llamar su atención.

–¡Por favor! ¡Tiene que parar!

–¿Por qué? No puedo creer que no te estés divirtiendo.

–¡Oh, no...!

Asustada por las oleadas incesantes de dolor,

Bliss comprendió que tenía que conseguir que Alessandro diera la vuelta al coche y la llevara a la villa... o al hospital más cercano.

–¡Alessandro, por favor!

Al fin él vio su palidez y achicó los ojos. Redujo la velocidad.

–¿Qué te pasa? ¿Estás enferma?

–Creo que es el bebé –repuso ella con desolación y los ojos llenos de lágrimas–. Creo que lo estoy perdiendo.

Dante gritó a la enfermera que le preguntó qué relación lo unía con la señorita Maguire y después al médico de guardia que la había asistido porque se negaba a darle información sobre su estado hasta que tuviera el resultado de los análisis que había pedido. Dante estaba sentado en la sala de espera, bañado en un sudor frío, y miraba las paredes decoradas con pósters que advertían de los peligros del tabaco, el alcohol y las drogas, con la sensación de haber sido atropellado por un camión de diez toneladas.

Cuando recibió la llamada urgente de su madre y ésta le dijo que Bliss estaba en el hospital con dolores de estómago agudos después de un paseo por el campo con Alessandro, deseó matar a su primo. Había hecho el viaje de Milán a Varese a velocidad de vértigo, con el corazón latiéndole en el pecho de un modo salvaje. Si Bliss perdía el niño, sería su culpa. No tenía que haberla dejado sola. El asunto de trabajo que tan urgente le había parecido antes carecía ahora de importancia comparado con lo que le ocurría a Bliss.

Enterró la cabeza en las manos y lanzó un gemido. Se había aferrado a la idea de ese niño desde que se había enterado del embarazo de Bliss. Hasta ese momento no había sabido lo mucho que anhelaba en secreto ser padre y, si perdían al niño, ¿qué razón iba a tener Bliss para querer seguir con él?

–¿Señor di Andrea? Soy Angelo Berticelli, jefe de Urgencias. Tengo entendido que la señorita Maguire será pronto su esposa, ¿no?

Dante, que ya se había levantado, asintió con la cabeza.

–¿Cómo está? ¿Puedo verla?

–Me he tomado la libertad de avisar al jefe de ginecología para que venga a examinarla. Llegará dentro de una media hora. Hasta entonces, hemos dado un sedante a la paciente, ya que ha llegado bastante agitada.

¿Agitada? Dante palideció. ¿Significaba eso que tenía muchos dolores? No podía imaginar a Bliss agitada sin un buen motivo. ¡Santo cielo! Debía de estar muy asustada. Todos sus músculos se tensaron.

–¿Ha perdido al bebé?

–Me temo que no puedo decirle eso, señor di Andrea. Podrá hablar con el ginecólogo después de que la examine. Por favor, espere aquí y una enfermera vendrá a avisarlo en cuanto llegue.

–¡No puedo esperar aquí sin hacer nada! –Dante

levantó las manos en el aire, impotente por una vez en su vida. Y la sensación no le gustaba nada.

–Lo siento, señor di Andrea, pero eso es lo que tiene que hacer –el doctor sonrió con aire de disculpa, se alejó y lo dejó solo.

Capítulo 12

BLISS sentía la cabeza tan pesada que intentar pensar le resultaba tan difícil como buscar el camino a casa a través de la niebla y con los ojos vendados. Mientras luchaba por levantar los párpados, que parecían pesados como el plomo desde que se quedara dormida después del examen del ginecólogo, cobró conciencia de que el dolor intenso del estómago había desaparecido. ¿Qué significaba eso? Asustada, intentó sentarse. ¿Había perdido al niño? ¿Por qué ya no sentía dolor?

–¿Qué te crees que estás haciendo?

La sorprendió tanto ver a Dante acercarse a la cama con expresión sombría que se dejó caer de nuevo sobre la almohada.

–No sabía que estabas aquí.

–Claro que estoy aquí. ¿Pensabas que seguiría en Milán después de enterarme de que te habían traído al hospital?

Dante miró su rostro pálido y ansió abrazarla y dar salida a toda su pena, pero sabía que tenía que ser fuerte por ella. Había sufrido ya bastante y no merecía tener que cargar también con su angustia.

–En este momento no puedo pensar en nada excepto en que necesito beber algo.

Dante tomó la jarra de agua de la mesilla y le sirvió inmediatamente un vaso. Le pasó un brazo por los hombros para ayudarla a incorporarse y le dio de beber. Sorprendido por lo frágiles que sentía sus huesos contra el brazo, sintió una pena tan aguda que comprendió que estaba al borde del llanto. ¿Era sólo porque ella podía haber perdido al niño? Dante no lo creía así. Su deseo de cuidar a la joven era tan fuerte que casi se creía capaz de sujetar el cielo con las manos para impedir que cayera sobre ella.

–Así está mejor. Gracias.

–De nada.

Dante apretó la mandíbula para no ceder a la emoción y la ayudó a tumbarse cómodamente.

–¿Te han dicho algo? –preguntó ella con ansiedad.

–No, querida. Por el momento no puedo decirte nada. El ginecólogo ha hecho unas pruebas y vendrá a vernos pronto. Es todo lo que sé.

Bliss nunca había visto a Dante tan desolado. A pesar de su pena, el deseo de reconfortarlo la impulsó a tomarle la mano.

–Tendrás otros hijos, tienes toda la vida por delante. Siento no haber podido... –se le quebró la voz y dejó de hablar.

Dante no podía creer que le pidiera disculpas por haber tenido un aborto. ¿Y qué quería decir con lo de que tendría otros hijos? ¿Sugería que sería con otra mujer? ¿Se alejaba ya de él? ¡No!

Como estaba dolido y furioso, dijo lo primero que le pasó por la cabeza.

–¿Por qué te fuiste con Alessandro en su maldito coche?

Bliss lo miró con incredulidad.

–¿Pretendes insinuar que yo he provocado esta situación por salir a dar una vuelta con tu primo? –preguntó horrorizada.

–Estoy seguro de que ese imbécil conducía demasiado rápido y te dio un susto de muerte. Cuando le ponga las manos encima se acordará de mí.

–¡No, Dante! No debes echarle la culpa a él.

–¿Todavía lo defiendes? Quizá serías más feliz con él si tanto lo admiras.

Bliss, atormentada, no supo qué contestar. No tuvo tiempo de pensar una respuesta, ya que se abrió la puerta y entró el doctor Berticelli seguido por una enfermera.

–¿Cómo está, señorita?

–No tengo dolor –repuso Bliss–. ¿Es por los sedantes o significa que...? –no pudo terminar la frase.

–Su estado se ha estabilizado, señorita. No ha perdido al niño, pero en los próximos meses tendrá que tener mucho reposo si quiere llevar el embarazo hasta el final. Señor di Andrea, tiene que procurar que ella descanse. Firmaré su alta y mañana por la mañana puede llevársela a casa. Si necesita más consejos, sugiero que hablen con su ginecólogo. Les daré una carta para él explicando nuestros hallazgos para que la tengan vigilada.

Bliss vio que Dante se persignaba y ella empezó a llorar de alegría.

–Gracias a Dios. Gracias, doctor. Les agradezco mucho todo lo que han hecho.

–De nada, señorita. Para eso estamos aquí. Señor di Andrea, si quiere venir a firmar...

Pero antes de que terminara de hablar, Dante se levantó de la silla y salió de la habitación como si acabara de recordar algo de importancia vital. Bliss, triste porque no se hubiera quedado a compartir el milagro de que el niño siguiera bien, volvió el rostro hacia la ventana con pena.

Se sentía tan abrumado que no sabía qué hacer primero. La adrenalina recorría sus venas y tan pronto se sentía extrañamente animado como lleno de miedo. No quería dejar a Bliss allí otra noche, quería llevársela a casa. Pero el miedo y el sentido común le dictaban que hiciera lo que había dicho el médico y la dejara hasta que estuvieran seguros de que no había peligro. Había estado a punto de perder el niño y no podía hacer nada que pusiera en peligro a ninguno de los dos, pero se juró que se encargaría de que tuviera un embarazo tranquilo y libre de tensiones.

Salió a llamar a sus padres en el móvil con la mente llena de planes. Cuando oyó a Isabelle llorar de alivio al otro lado, explotó por fin y consiguió llorar también abiertamente.

* * *

–Isabelle está preparando una cena especial para esta noche. Sólo mis padres y nosotros. ¿Te apetece?

–Por supuesto.

Bliss lo miró por debajo del sombrero de paja que llevaba para protegerse del sol y deseó que dejara de tratarla como si fuera de cristal. Aunque se estuviera recuperando de un susto, era más fuerte de lo que parecía y no haría ninguna tontería para ponerse en peligro. Después de cuidar de sí misma durante tanto tiempo, no era fácil entregar las riendas, por mucho que se dijera que debía agradecer la oportunidad que se le ofrecía.

Y Dante se preocupaba por su bienestar, pero físicamente mantenía las distancias. En los tres días que llevaba fuera del hospital, no había sugerido en ningún momento que fueran a ninguna parte donde pudieran estar a solas y su comportamiento confirmaba lo que ella ya sospechaba, que sólo le interesaba el niño. Cuando éste naciera, ¿ella quedaría relegada sólo a esposa y madre sin ser amiga ni amante? Aquella posibilidad le hacía mucho daño.

–Voy a salir un rato. ¿Quieres que te traiga algo? ¿Una revista, un libro... bombones?

Bliss negó con la cabeza. Lo miró esperanzada.

–¿Puedo ir contigo? Me encantaría ir a algún sitio.

La pregunta pareció perturbarlo más de lo que era de esperar. Después de un rato, Dante negó con la cabeza.

–No, no creo que sea buena idea. Quédate aquí y descansa. No tardaré mucho.

–¿Tu opinión es la única que cuenta, Dante? –Bliss movió los brazos con irritación y se incorporó en la tumbona–. Este lugar es hermoso, pero empiezo a sentirme como una prisionera envuelta en terciopelo. El doctor dijo que necesitaba descansar, no que no pudiera salir nunca.

–Dentro de dos días volveremos a Inglaterra y veremos a Sandrine. Después de lo ocurrido, tendrá que examinarte más a menudo. También tenemos que pensar en la boda. Quiero estar seguro de que estás en condiciones de viajar y afrontar todo eso. No se trata de que yo te diga lo que tienes que hacer, se trata de actuar con sentido común.

–¿Sugieres que yo no lo tengo? –preguntó ella con rabia.

Para su sorpresa, él se limitó a sonreír.

–Veo que buscas pelea. Y lo siento, pequeña, pero yo no.

–¿Por qué? ¿Porque tienes miedo de que me rompa si levanto la voz? –se puso en pie, se quitó el sombrero y lo arrojó sobre la tumbona. Lo miró con los brazos en jarras–. ¿Adónde vas? ¿Por qué no puedo ir contigo? ¿Vas a ver a otra mujer? ¿Por eso no quieres llevarme?

–¿De verdad crees que yo sería capaz de engañarte, Bliss? –Dante miró su cuerpo sexy, ataviado con pantalones cortos rojos y camiseta blanca–. A mí me basta contigo, querida, no necesito buscar satisfacción física en otra parte y espero que tú tampoco.

Bliss se mordió el labio inferior y se cruzó de

brazos. Estaba ciega a las hermosas vistas y sus sentidos eran inmunes al olor a jazmín y lilas que flotaba en el aire. Sólo era consciente de Dante. Si él pudiera ver cuánto lo amaba... si pudiera quererla del mismo modo, quizá tendrían una oportunidad de hacer que su matrimonio funcionara.

–No finjas que te importa si yo estoy físicamente satisfecha o no. No te has acercado a mí desde que volví del hospital.

–¿Crees que es por falta de ganas? –Dante se acercó a ella–. Es una tortura no tenerte en mi cama. Sólo tengo que oler tu arma en el aire y ya estoy excitado. Pero no pondré en peligro la supervivencia del niño por mis deseos egoístas. Tengo miedo de que aquel día en el bosque...

Bliss lo miró sorprendida.

–¿Crees que pasó aquello porque hicimos el amor en el bosque? ¡Oh, Dante!

Ahora que había dejado salir su miedo, el alivio era casi como salir de la cárcel. ¿Cómo habría podido vivir consigo mismo si le hubiera ocurrido algo al niño por su causa?

–Un hombre piensa muchas locuras cuando ocurre algo así –confesó con voz ronca.

–Piensas demasiado, amor mío –Bliss le acarició la mejilla y sintió que le escocían los ojos por el esfuerzo de reprimir las lágrimas. La angustia de él era difícil de soportar. Un hombre que sentía tanto amor por un niño aún no nacido no merecía que ella se fuera sólo porque él no pudiera entregarle todo su corazón.

Vio que se quedaba muy quieto delante de ella y la miraba con profunda sorpresa.

–¿Qué has dicho?

–He dicho que piensas demasiado. Tú no puedes ser responsable de todo lo que ocurre. Todos somos adultos y tomamos nuestras propias decisiones. Seguro que tu familia se quedaría destrozada si pensaran que sientes que tú solo tienes que ser responsable de su bienestar. Sé lo que es eso porque desde muy pequeña tuve que asumir las preocupaciones de mis padres. Yo era una madrecita intentando siempre arreglar los problemas de todos y cargando con la culpa de sus males.

Dante sabía que ella había sufrido mucho y en cierto modo se arrepentía de no haber hablado de eso antes.

–¿Por qué se suicidó tu madre?

Bliss, sorprendida por la pregunta, respiró hondo antes de contestar.

–Se pasaba horas mirando por la ventana como si esperara que alguien fuera a venir a rescatarla y alejarla de todo el dolor. Imposible, claro, cuando el dolor está dentro. A veces creo que no comprendía qué hacía en este mundo, ¿sabes? Era como si estuviera aquí por error. Se movía en un mundo propio y mi padre y yo intentábamos desesperadamente establecer contacto con ella. Yo a veces tenía miedo de que fuera a ocurrir algo malo. Mucho miedo...

Levantó la cabeza y descubrió que le costaba mucho aceptar la compasión que brillaba en los ojos de Dante. Era la primera vez que expresaba sus sentimientos sobre la muerte de su madre.

–Su depresión se intensificaba con el tiempo. El doctor le daba tranquilizantes y antidepresivos, pero ella acabó por encerrarse totalmente en sí misma. Mi padre no sabía qué hacer. La quería mucho y no podía verla así, así que se entregó cada vez más a la bebida para adormecer el dolor. La semana de su suicidio, mi madre se volvió de pronto muy animada e interesada en lo que yo hacía. Yo creí que estaba mejorando...

Respiró hondo y sintió las manos de Dante en sus brazos.

–Creo que lo que pasó fue que ya había decidido lo que iba a hacer. Ese llenarme de atenciones fue su modo de despedirse.

–¡Santo cielo!

–Murió de una sobredosis de pastillas –Bliss se dio cuenta de que estaba temblando–. Después de eso, mi padre pareció que renunciaba a todo. Yo intenté comunicarme con él, pero se portaba como si yo no existiera. Yo no podía hacer nada por ayudarlo. Nuestra familia ya no tenía remedio... ni un milagro habría podido salvarnos. Y cuando un día llegué a casa y me encontré con una nota... mentiría si dijera que no esperaba algo así.

–¿Y no había nadie que pudiera ayudarte a buscarlo?

Bliss miró un momento ante sí.

–Fui a la policía, pero dijeron que mi padre se había ido por voluntad propia y estaba claro que no quería ser encontrado. Aquello me hizo sentir muy mal. ¿Sabes lo que es saber que les importas tan poco a tus padres que una se suicida y el otro prefiere marcharse a vivir en la misma casa que tú? –lanzó un juramento–. Por lo menos tú sabes que te quieren. Me gustaría que supieras lo afortunado que eres.

Dante la abrazó con fuerza.

–Ahora todo es diferente, Bliss. Ya no puedes decir que no te quieran.

–No quiero que creas que siento lástima de mí misma –se estremeció–. No sé por qué te he contado todo esto. Tiene que haber sido por la tensión de estar a punto de perder al bebé.

–Tú no me escuchas, querida –Dante la miró con ternura–. ¿No has oído lo que he dicho? Te quiero. Mis sentimientos por ti no han dejado de crecer desde que nos conocimos. Cuando estuviste a punto de abortar, sentía tu dolor tanto como el mío. La primera vez que te vi, decidida a no soltar a Renata hasta que comprobaras mi identidad por ti misma, eras como una leona con su cachorro –sonrió–. Entonces me impresionaste y ahora me impresionas aún más. Quiero un matrimonio de verdad contigo, Bliss. Cuento los días que faltan para nuestra boda, ¿lo sabes?

La joven, que se sentía como si estuviera soñando, lo miró con alivio, alegría y una profunda sorpresa. ¿La quería? ¿Se atrevía a creerlo? Pero él no le mentiría en algo así.

–No, no lo sabía. Creía que sólo te interesaba el bebé.

Su confesión lo sorprendió. Arrugó la frente con incredulidad, ansioso por aliviar inmediatamente sus miedos.

–Creo que el bebé sólo hizo que te quisiera más. He esperado mucho tiempo para tener familia, pero es porque nunca había conocido a la mujer indicada. Hasta que te conocí.

–¿Estás seguro, Dante? –Bliss lo miró como si temiera que pudiera desaparecer ante sus ojos–. No quiero ser una carga para ti y no quiero que te sientas obligado a casarte conmigo por el bebé. Eso sería una pesadilla.

–Nada de pesadillas, tesoro –dijo él con fervor–. La realidad es que me siento honrado de que una mujer tan hermosa, buena y tierna quiera ser mi esposa. Me voy a casar contigo por el amor y la pasión que siento por ti, hermosa mía. Y puedes estar segura de que no lo haría de otro modo.

–Ahora soy feliz –sonrió ella, encantada.

–Y tú antes me has llamado «amor mío». ¿Lo decías en serio? Tengo que saberlo.

–Oh, sí. Claro que iba en serio. Te quiero. Creo que te he querido siempre... siempre.

Dante la abrazó con fuerza.

–¿Y me prefieres a mi primo Alessandro? –preguntó con ojos brillantes.

Bliss levantó la cabeza y le dio un puñetazo juguetón en el hombro.

–Sólo hay un hombre que me interese en este mundo y tú sabes quién es. Es arrogante, atractivo, tiene un corazón de oro y lo quiero más que a mi vida.

Dante sonrió con satisfacción y acercó los labios a pocos centímetros de los de ella.

–Me alegro. Un hombre tiene que saber lo que su mujer siente por él. Te amo, Bliss. Con todo mi corazón –la besó como si su vida dependiera de ello y, a juzgar por los susurros de deseo que emitía entre beso y beso, seguramente no era arrogante por su parte pensar que ella sentía lo mismo.

Epílogo

Dieciocho meses más tarde

La buscó con la vista en cuanto salió del coche, antes de oír el sonido de risas en la parte de atrás de la casa, en el patio. Dante dejó la maleta en el suelo y apretó el paso. Había pasado una semana en Lago Como, ayudando a Tatiana a supervisar el ala nueva que estaban añadiendo al hotel y Bliss se había quedado con sus padres en la villa porque él no quería que estuviera sola. Ahora estaba deseando verla de nuevo.

–¡Dante!

Bliss, de pie al lado de Antonio, con el pequeño Roberto sentado en las rodillas de su abuelo, lo vio en cuanto él dobló la esquina de la casa y su rostro se iluminó de alegría. Embarazada de seis meses y ataviada con pantalones blancos y blusa sin mangas, lucía una piel bronceada que le daba un aspecto muy sano y Dante sintió el impulso de retirarse a solas con ella y demostrarle con detalle cuánto la había echado de menos.

Sabía que a sus padres no les importaría que la abrazara primero a ella, pero el beso se prolongó de tal modo que Antonio se vio obligado a intervenir.

–Deja respirar a la pobre, hijo mío. Cualquiera diría que llevas fuera seis meses –guiñó un ojo a su esposa, que tejía a su lado un jersey para el nuevo bebé–. ¿Y cómo está mi querida Tatiana?

–Enamorada –sonrió Dante, abrazando a su esposa por la cintura–. Se ha enamorado de un joven llamado Raphael que es el encargado de construir la nueva ala del hotel. Se pasa horas mirándolo por la ventana en vez de trabajar.

–Debe de ser muy guapo –sonrió Bliss.

Dante se acercó a abrazar y lanzar por el aire a Roberto y ella los miró y suspiró. Siempre había creído que Dante sería el mejor padre del mundo y ahora estaba segura. No podía haber un padre más considerado, cariñoso y paciente en todo el planeta, excepto quizá Antonio, que día tras día se convertía más en su padre. Y ahora iban a tener otro hijo para sellar aquella abundancia de felicidad. Tenía mucho por lo que dar gracias.

–Ve a cambiarte de ropa y descansar un rato –dijo Isabelle a su hijo. Y llévate a tu esposa. Si no me equivoco, también necesita un descanso. No os preocupéis por Roberto, papá y yo cuidaremos de él hasta la cena.

–Gracias –Dante besó a su madre en la mejilla y no pudo reprimir una oleada de deseo al pensar en estar un rato a solas con Bliss.

Devolvió el niño a las rodillas de Antonio, tomó a su esposa de la mano y entró en la casa. Se detuvo en la puerta del dormitorio a mirarla a los ojos y dar gracias a Dios por haber llevado aquel tesoro a su vida.

–¿No estás muy cansada? –preguntó con cierta ansiedad.

Bliss abrió la puerta con impaciencia.

–Creo que el viaje te ha atontado, Dante. El día en que yo no salte de alegría ante la posibilidad de recibir a mi esposo en mi cama será el día que se acabe el mundo.

Dante, gratificado por su respuesta, la empujó al interior y cerró la puerta tras ellos.